E-Z DICKENS SUPERKANGELANE NELJAS RAAMAT:

JÄÄL

Cathy McGough

Stratford Living Publishing

Sisukord

Igapäevastele superkangelastele.

„Sa lihtsalt ei saa võita inimest, kes ei anna kunagi alla.“

Babe Ruth

PROLOOGI

Järgmisel päeval oli koolipäev, kuid kuna maailmalõpp oli tulemas, ei kavatsenud ei E-Z ega Lia minna.

„Mul on väga halb tunne," ütles Lia.

Oli hommikusöögi aeg ja ta ja E-Z olid kahekesi. Sam ja Samantha magasid veel, samuti kaksikud Jack ja Jill.

„Milline halb tunne?" küsis ta, lusikates rohkem teravilja suhu.

„Tead, eile õhtul, kui ma arvasin, et kuulsin midagi?"

„Jah, aga sa ütlesid, et see oli valehäire. Et helid läksid ära ja kõik läks jälle normaalseks."

„Nii läks ja ei läinud. Seda on raske seletada. Ma kuulsin, kuidas Rosalie mind kutsus, siis ta lõpetas. Ta ei proovinud uuesti, nii et ma arvasin, et kõik on korras. Aga nüüd olen ma mures, sest püüdsin temaga ühendust võtta ja ei saanud. Ta ei ole vastanud ühelegi mu sõnumile. Ma arvan, et me peaksime minema ja teda kontrollima. Igaks juhuks. See kergendab mu meelt, kui ma tean. Muidu ei saa ma täna midagi korda."

„Äkki ta magab välja? Või sai tema telefoni aku tühjaks." Ta jõi oma klaasi apelsinimahla lõpuni ja taganes lauast. Ta pani nõud nõudepesumasinasse.

„Võib-olla. Aga ma tahaksin teda ikkagi näha."

„Lähme teda külastama, et su meeled rahuneksid," ütles ta taksot kutsudes. „Ma loodan, et nad lasevad meid sisse. Me pole ju sugulased."

Nad suundusid üle linna ja küsisid Rosalie kohta vastuvõtulauas. Naine küsis: „Kas te olete sugulased?" Mõlemad ütlesid, et ei ole. „Võtke palun istet," ütles naine.

„Näe," sosistas Lia. „Ta nägi kavalalt välja. Nagu ta varjaks midagi."

„Jah, ma nägin seda ka. Aga võib-olla me kujutame seda ette, sest oleme Rosalie pärast mures. Kõik, mida me saame teha, on oodata ja püüda end hõivata. Me oleme siin ja me ei liigu enne, kui näeme, et temaga on kõik korras."

Kolmkümmend minutit hiljem ja nad ootasid ikka veel. ja muutusid aina rahutumaks, mida aeg edasi tiksus.

Lia tõusis püsti. „Ma ei saa enam oodata.“

E-Z ütles: „Vau! Ootame korraks.“ Ta istus uuesti maha. „Anname veel kolmkümmend minutit, enne kui me neile täiega pihta hakkame.“

„Mida tähendab „posti minna“?“ Lia küsis.

„Oh, ma unustan pidevalt, et sa ei ole siit pärit. See tähendab, et tulla millegi kallale kõigi relvadega. Viimase abinõuna. See on muidugi kõnekujund. Kuigi mõned postitöötajad on seda sõna-sõnalt võtnud.“

„Vean kihla, et kui me oleksime täiskasvanud, oleksid nad meiega juba rääkinud. Mõnikord vihkan ma lapseks olemist.“

„Sellel on omad eelised,“ ütles E-Z. „Proovige mängida telefonis mingit mängu või lugeda raamatut. Sellega läheb aeg mööda ja nad on meile abivalmimad, kui me oleme kannatlikud.“

„Soovin, et ma oleksin oma kõrvaklapid kaasa võtnud. Oleksin võinud kuulata Taylor Swifti uusi lugusid.“

„Siin,“ ütles ta. „Võid laenata minu omad.“

Läks veel kolmkümmend minutit ja E-Z naasis rahulikult leti juurde. Lia jäi muusikat kuulama. Ta heitis pilgu tagasi. Naine oli silmad kinni pannud. Ta polnud isegi märganud, et mees oli läinud.

„Äh, kas on teada, millal me saame Rosalie't näha?" küsis ta.

„Vabandust, keegi tuleb teid vaatama. Ta teab, et te siin ootate." Naine klõpsas klaviatuuril. Kui E-Z ei liikunud eemale, tegi ta teise katse, et teda julgustada. „Ma rääkisin oma juhatajaga isiklikult. Ta tuleb teiega rääkima niipea, kui saab. Palun ühinege oma sõbraga." Ta viipas käega Lia suunas, kes oli hõivatud telefoniga.

E-Z pöördus vastumeelselt Lia kõrvale tagasi. Ta vaatas, kuidas inimesed ringi sebisid. Mõned olid elanikud, kes lükkasid jalutuskärusid. Mõned olid ratastoolis, mida tõukasid hooldajad, teised aga trügisid ise ratastega. Enamik elanikke naeratas tema suunas, mõned lehvitasid. Ta imestas, kui paljud neist võtsid vastu regulaarseid külalisi. Ta lootis, et enamik sai.

Kui uksed avanesid ja sulgusid, jõudis lõunasöögi lõhn tema ninasõõrmetesse ja kõht korises. Ta mõtles, milliseid hõrgutisi elanikud täna söömas käivad. Võib-olla kala ja friikartulid. Võib-olla natuke pirukat a la mode. Ta soovis, et oleks söönud suurema hommikusöögi, kui Lia talle kõrvaklapid tagasi andis.

„Kas on õnnestunud asju kiirendada? Ma olen näljas!"

„Mina ka ja tegelikult mitte. Ta ütles, et juhataja tuleb varsti meie juurde, aga ma ei saa aru, miks Rosalie lihtsalt ei tule ise välja ja ei vaata meid. Milleks see on nii suur asi?"

„Ma ei tunne tema kohalolekut siin," ütles Lia. „Justkui oleks meil ühendus katkenud. Muusika aitas mind mõnda aega kõrvale juhtida, aga nüüd mõtlen jälle selle peale ja olen näljane. Pole hea kombinatsioon."

„Ma kuulen sind," ütles E-Z, kui pikk naine, kes kandis peadirektori tunnusmärki, kõndis nende poole ja tutvustas end.

„Minu nimi on Eleanor Wilkinson ja ma olen siin peadirektor." Ta surus nende kätt. „Ma saan aru, et te kaks olete Rosalie sõbrad. Kas te olete teda siin varem külastanud?"

„Ei, me pole siin käinud," ütles Lia. „Aga me oleme temaga sõbrad, lähedased sõbrad. Ja me oleme tema pärast mures. Ta ei vastanud minu tekstidele ega vastanud oma telefonile."

Ms Wilkinson ütles: „Mul on kahju teile öelda, aga Rosalie suri millalgi öösel. Me ootame, et tema lähimad sugulased saabuksid. Nad ei ela lähedal.

„Ma palun vabandust, et lasin teil nii kaua oodata. Aga mul oli vaja enne teiega rääkimist nendega rääkida. Te mõistate. Meil on põhimõtted, mida tuleb järgida.“

Lia langes tagasi toolile ja puhkes nutma, samal ajal kui E-Z võttis tema käe enda kätte ja nad istusid mõned sekundid vaikselt, enne kui ta küsis: „Mis temaga juhtus?“

„Seda uuritakse,“ ütles Wilkinson. „Vabandust, ma ei saa teile rohkem öelda. Välja arvatud juhul, kui te olete perekond. Mul on kahju teie kaotusest.“

„Ta tähendas mulle maailma,“ ütles Lia.

„Kuidas sa temaga kohtusid?“ Wilkinson küsis. „Ta oli suurepärane naine. Kõik armastasid teda.“ ‚Me kohtusime ühe sõbra kaudu,‘ valetas Lia.

„Huvitav,“ ütles Wilkinson, “arvestades teie vanusevahe.“

„Sa mõtled, et kuna mina olen laps ja tema mitte? Ma mõtlen, et ei olnud.“ Lia küsis vihaselt. Ta tõusis püsti.

„Vabandust, ma ei tahtnud sind ärritada. Muidugi, paljud siinsed elanikud tahaksid väga, et neil oleks sõpru, kellega vestelda. Eriti sellised huvilised lapsed nagu sina, kellele nad saaksid oma elulugusid rääkida. Nii ei unustataks neid pärast nende lahkumist.“

„Me mäletame Rosalie't alati,“ ütles E-Z.

„Kas me võime teda näha, et hüvasti jätta?“ Lia küsis.

„Ma kardan, et see ei tule kõne alla. Meil on protseduurid. Aga kui te jätate oma andmed, telefoninumbri lauda, siis võime teile helistada. Et teile teada anda, millal visiit ja matused toimuvad.“

E-Z jättis oma telefoninumbri vastuvõtule. Nad tahtsid just taksosse istuda, kui talle tuli raamat meelde.

„Oodake siin,“ ütles ta. „Ma tulen kohe tagasi.“

Ta lähenes vastuvõtulauale.

„Vabandan, aga me ei saa nõustuda meie sõbra Rosalie surmaga. Mitte enne, kui vähemalt üks meist teda ei näe. Proua Wilkinson ütles, et me ei saa sisse minna, aga kas ma võiksin lihtsalt oma pea tuppa pista? Ma ei jääks kauaks. Nii et ma võin oma sõbrale öelda, et olen Rosalie't näinud ja võin kinnitada, et ta pole enam meiega? Ta on nii palju läbi elanud, silmade kaotamisega ja kõigega. See kergendaks tema meelt, kui keegi, keda ta tunneb ja keda ta usaldab, teaks seda kindlalt.“

„Ah, vaeseke. Ma saan aru. Tule minuga kaasa,“ ütles naine. Kui ta oli teisel pool lauda, palus ta kolleegil teda katta. „Ma tulen kohe tagasi,“ ütles ta.

E-Z järgnes talle sügavamale vanurite elamu südamesse. See oli valgusküllane, mitte masendav, nagu ta oli kuulnud, et seda tüüpi kodud võivad olla, kuid väga vaikne. Ilmselt seetõttu, et kõik nautisid lõunat kohvikus. Tema kõht korises jälle.

„Kõik on söögisaalis,“ ütles naine, nagu teaks ta, mida ta mõtleb. „Täna on kala- ja friikartulipäev koos punase tarretise ja vahukoorekattega järelroaks. Ülimalt populaarne söök, millest kõik tahavad osa saada. Mis tahes muul päeval oleks teid võimatu sisse lasta, sest seal oleks liiga palju inimesi möllanud.“

„See lõhnab kindlasti hästi,“ ütles E-Z. „Ja aitäh teie abi eest, ma, me, hindame seda väga.“

Ta peatus ja tõmbas ukse lahti.

„See on Rosalie tuba. Ma ootan siin. Teil on kaks minutit või vähem, kui keegi mind märkab.“

„Tänan veel kord,“ ütles E-Z, kui uks tema taga kinni keerati. See lõhnas veidralt, nagu oleks seal olnud jaanituli. Ta vaatas ruumis ringi, et otsida kaameraid. Niipalju kui ta teadis, ei olnud ühtegi.

Valge lina all oli nende sõber pealaest jalatallani kaetud. Ta astus lähemale, võideldes põgenemissooviga, kuid ta tahtis kindlalt teada, et näha, kas see on tema enda silmaga. Ta tõmbas lina tagasi ja vaatas, kuidas see nagu kummitus põrandale langes.

Kohe ründas tema ninasõõrmeid lõhn. Nagu grill. Põlenud liha. Ja ta nägi Rosalie kätt rippumas, kaetud põletuste ja villidega. Mis oli temaga juhtunud? Kes ja miks oli temaga seda kohutavat asja teinud?

Ta lükkas oma tooli eemale ja vaatas ringi toas, mis oli plekita ja kus polnud mingeid märke tulekahjust. See ei saanud siin juhtuda. Kui mitte, siis kus? Kas nad viisid ta pärast siia tuppa?

Naine koputas uksele. „Palun kiirustage!" ütles ta.

Ta avas oma öökapilaua sahtli. Seal oli see. Raamat, millest Rosalie oli neile rääkinud. See, millesse ta oli kirja pannud informatsiooni teiste laste kohta.

„Aeg on läbi," ütles naine.

E-Z topis raamatu selja taha. Ta vajutas nuppu, et uks avaneks, ja nad pöördusid tagasi esikusse.

„Tänan teid,“ ütles ta. „Minu ja mu sõbra poolt. Te andsite meile rahu. Palun andke meile teada, millal toimuvad matused ja visitatsioon. Oh, veel üks asi, ma märkasin, et tal olid põlengud kehal. Kas mõni teine elanik sai tulekahjus vigastada?“

„Oi,“ ütles naine. „Ma ei tea. Ma ei ole kuulnud midagi tulekahjust. Ma ei ole näinud laipa; ma mõtlen Rosalie't ise. Mulle öeldi ainult, et ta on surnud. Ma ei tea midagi üksikasjadest.“

„Kõik on korras,“ rahustas E-Z teda. „Ma ei ütle midagi. Ma hindan kõike, mida sa oled teinud. Tänan teid.“

„Siin ei juhtunud mingit tulekahju,“ ütles ta. „Minu teada ei läinud ükski häire. Ühtegi tuletõrjeautot ei kutsutud. Ma. Oo, oho.“

E-Z lehvitas ja eemaldus leti juurest. Naine lobises ikka veel endamisi. Ta arvas, et tal on parem sealt ära minna.

Autojuht aitas E-Z-l istuda tagaistmele ootava Lia kõrvale, seejärel paigutas ta ratastooli ära sõiduki pagasiruumi.

„See võttis sul igavesti aega,“ kurtis Lia. „Mis see on?“

Ta püüdis raamatut haarata, kuid E-Z hoidis sellest kinni. Ta märkas, et maksumõõtja maksis juba rohkem raha, kui tal kaasas oli.

„Seda ei saanudki aidata. Ma piilusin salaja Rosalie poole. Ja ma haarasin selle. See on raamat, millest ta meile rääkis. Vaatame seda, kui oleme kodus.“ Ta sosistas: „Kas sul on raha?“

Neil kahel koos ei olnud piisavalt raha, et taksotasu katta.

„Sa pead paluma emalt või onu Samilt abi,“ ütles ta, kui autojuht maja juures peatus.

Autojuht aitas E-Zi tagasi toolile, samal ajal kui Lia jooksis sisse. Ta tuli välja, kaasas piisavalt raha, et katta piletihind, ja autojuht sõitis minema.

„Sam andis mulle raha.“

„Kas ta küsis, milleks see oli?“

„Ei, aga ma eeldan, et ta küsib.“

Siseruumides askeldasid Sam ja Samantha köögis. Püüdsid kiirustades hommikusööki valmistada, samal ajal kui kaksikud neile näljapõlengutega serenaadi andsid.

„Miks te ei ole koolis?“ Sam küsis.

„Seletan hiljem. Äh, kas me saame aidata?“

„Ei, aga aitäh," ütles Samantha. Ta hakkas Jacki söötma.

Sam noogutas ja asus Jilli toitma.

E-Z ja Lia läksid tema tuppa ja sulgesid ukse. Alfred luges ajalehte.

„Rosalie on surnud," pomises Lia, siis langes ta põlvili ja nuttis, samal ajal kui E-Z pani käe tema ümber ja Alfred tormas tema kõrvale. Kolmik kallistas koos ja nuttis, kuni neil polnud enam pisaraid.

„Mis sul seal on?" küsis Alfred.

„Ma haarasin raamatu."

Lia võttis selle üles, siis tõusis ja hoidis seda vastu rinda, nagu oleks ta oma sõpra kallistanud, selle asemel nägi ta kõike. Rosalie Valges toas. Raevu Valges toas koos temaga. Põlevad raamatud. Riiulid kukkumas. Tuli kõikjal.

Lia langes põlvili.

„Ta oli nii vapper. Nii väga vapper."

„Sa nägid tulekahju?" E-Z küsis. „Mis juhtus?"

„Sa teadsid, tulekahjust?"

Ta noogutas.

„Miks sa mulle ei öelnud?" Ta teadis juba vastust küsimusele. Ta kaitses teda tõe eest. „Kui ma raamatut puudutasin, nägin seda kõike. Rosalie oli

Valges toas. Ja Raevud olid seal koos temaga. Nad tahtsid, et ta räägiks neile meist ja teistest lastest. Nad piinasid teda, aga ta ei andnud järele.“

„Miks ta meile ei helistanud?“

„Ta püüdis. Ma ei teadnud, et see oli elu või surm. See läks ära, nii et ma arvasin, et kõik on korras.“

„See ei ole sinu süü,“ ütles E-Z.

„Ta suri üksi, raamaturiiulide all, raamatud ümberringi põlemas. Ta ei väärinud sellist surma. Keegi ei vääri sellist surma.“ Ta nuttis oma kätesse.

„Vaene Rosalie,“ ütles ta. „Ta oleks võinud mind kutsuda. Ta tegi seda juba varem. Miks ta mind ei kutsunud?“

„Sest ta oleks sind ohtu seadnud. Ta suri meid kaitstes.“

„Niisiis, Fuuriad üritasid temast meie ja teiste laste nimesid välja pressida ja ta ohverdas end, et meid päästa? Et hoida meie saladust. Milline hämmastav naine Rosalie oli. Me ei unusta teda kunagi - mitte kunagi,“ ütles Alfred pisaraid tagasi tõrjudes. „Ta väärib medalit. Aumedali.“

„Oot, äkki nad blokeerisid teda, et ta meile helistada?“ “Oot, äkki nad blokeerisid teda, et ta meile helistada?“ E-Z ütles.

„Ta saatis mulle küll SOS-i, aga ta on seda varemgi teinud. Ükskord tegi ta seda, kui neil kodus tee otsa sai ja ta tahtis selle pärast tuulutada. Ma ei teadnud, et see SOS tähendas, et tema elu on ohus."

„Sa ei saanudki teada. Keegi meist ei saanud. Me ei saa ennast süüdistada." Kõik kolm olid vait. „Oodake hetk, vaatame raamatut."

„See on kõik, mida ta meile ütles. Täielik nimekiri, üksikasjadega kõigi laste kohta, kes on nagu meie. Jumal tänatud, et Raevukad ei saanud seda kätte!"

„Hei, oodake korraks!" E-Z ütles. „Ainuüksi mõte, et nad piinasid teda, et saada teavet meie ja teiste kohta - tähendab, et Fuuriad teavad, et me kõik oleme olemas. See tähendab, et need lapsed on seal väljas, täiesti üksi ja nad isegi ei tea, mis tuleb!

„Me peame kõigepealt nende juurde jõudma. Sest on vaid aja küsimus, millal - kuidas iganes nad meie, nende kohta teada said - selgub, kus nad on."

„Mis siis, kui see on siiski lõks, et me viiksime Raevud otse nende juurde?" Alfred uuris.

„Ma ei usu, et nad teavad, kust meid leida, muidu oleksid nad ju siin." E-Z küsis. „Ma mõtlen, et neil oli üllatusmoment. Rosalie tapmisega andsid nad kätt ette. Andsid meile teada, et nad teavad midagi...

ilmselt selleks, et saada meie pähe, sest me oleme vastutavad." "Mis saab teistest lastest?" Lia küsis. „Kuidas me nende juurde jõuame, ilma et me ise kätt ette annaksime?" "Kuidas me nende juurde jõuame, ilma et me ise kätt ette annaksime?"

„Hadz? Reiki?" E-Z hüüdis. „Kui te mind kuulete, vajame teie panust ja abi."

POP.

POP.

„Kas sa tead Rosalie'st?" küsis ta.

„Jah, teame, ja see on kurb, kurb lugu," ütles Hadz, pühkides tiibadega pisaraid ära. „Nad piinasid siin Valges Toas. Ja kui see poleks veel piisavalt halb - nad hävitasid selle ja kõik, mis seal oli, täielikult. Kõik need ilusad, tiibadega kaetud raamatud - kadunud. Rosalie - kadunud. Kadunud." Ta ei suutnud enam rääkida, sest nuttis.

„Nii, nii," ütles Reiki. „Ja see pole veel kõik. Me ei tea, mis Rosalie hingega juhtus."

„Oodake, tema keha on voodis tema toas teisel pool linna vanemate elukohas. Võib-olla on tema hing seal koos temaga?" E-Z küsis.

Reiki ütles: „Kas teil on midagi suletud, suletud, õhust, kõigest? Kui jah, siis palun minge ja tooge see kohe - siis läheme ja vaatame, kas Rosalie hing on temaga koos. Me veename seda konteinerisse minema - ajutiselt - kuni me saame teada, kus on tema hingepüüdja. Ma loodan väga, et need fuuriad pole seda kaasa võtnud."

E-Z tormas välja kööki, kus Sam ja Samantha olid hõivatud kaksikute toitmisega. „Kas meil on ikka veel see suur termos?"

„Jah, see on kapis külmkapi kohal," ütles Sam ja kähistas siis pojale.

„Tänan," ütles E-Z, kui ta oma tuppa tagasi läks. „Kas see sobib?"

Konteineri kandmiseks kulus neil mõlemal aega.

„Oota!" Alfred hüüdis, just õigel ajal, et neid kinni püüda, enne kui Hadz ja Reiki välja pugesid. „Äkki ma saan aidata? Mul on tervendavad võimed. Võtke mind kaasa. Las ma proovin. Palun."

POP

POP

FIZZLE

Ja nad kadusid kolmekesi, maandudes Rosalie toas.

„Seal ta on," ütles Alfred, hüppas voodile, hoolega, et mitte oma võrkkiiges jalgadega talle peale astuda.

Oma noka abil tõstis ta lina üles, samal ajal kui Hadz ja Reiki lähedal hõljusid.

"*Mida ta kavatseb* teha?" Reiki uuris.

„Shhhh," ütles Hadz.

Alfred asetas oma noka Rosalie otsaesisele ja puudutas ühe oma tiibadega tema südant. Midagi ei juhtunud.

„Las ma proovin midagi muud," ütles luik. Seekord hõljus ta Rosalie keha kohal, surudes oma otsaesise vastu Rosalie keha. Jälle ei toimunud midagi.

„Sa oled oma parima proovinud," ütles Hadz, "nüüd peame kindlustama tema hinge. Tule välja, tule välja, kus iganes sa oled."

Ja just nii triivis Rosalie hing nende poole.

„Siin on sul turvaline," ütles Reiki, kui hing meelitati konteinerisse, siis suleti kaas kindlalt.

POP.

POP.

FIZZLE.

„Kas te suutsite teda aidata?" Lia küsis, kuid teadis vastust juba Alfredi pilgu järgi. Ta kallistas teda: „Ma olen kindel, et sa andsid endast parima."

„Ta tõesti tegi seda," ütles Hadz.

„Tema hing on siiski siin turvaline... keegi ei tohi seda avada. Seda tuleb hoida turvaliselt, kuni hingepüüdja on valmis seda võtma."

„Võib-olla peaksite selle enda juures hoidma?" Alfred ütles. „Ja aitäh, et sa lubad mul proovida."

E-Z toas sõnastasid *Kolmikud* plaani, kuidas teised lapsed kokku viia. Otsustati, et E-Z sõidab Austraaliasse, Lachie - tuntud ka kui Poiss kastis - jaoks. Alfred tiirutaks Jaapanisse, kus ta korjaks Haruto, metsas hüljatud poisi, kokku. Viimasena, kuid mitte vähem tähtsana, sõidaks Lia üle USA, et koguda Brandy, tüdruk, kes võib uuesti ellu äratada.

Nende missioonid olid selged - see, mida nad sinna jõudes tegema hakkavad, ei olnud. *Teised* olid eri vanuses, eri kultuuridest, eri keeltes. Mõned nõuaksid oma vanemate luba, mõned aga mitte.

„Huvitav, mida Rosalie neile meie kohta rääkis?" Lia küsis.

„Me võime neilt küsida, kui me neid näeme," pakkus Alfred.

„Vahepeal tuleb meil kotid kokku pakkida ja plaanida. Mina teen sinna oma tooliga, aga teil kahel on võimalusi. Otsustage, mis teile kõige paremini sobib, ja pange oma plaan ellu. Ma usun, et teete õige otsuse ja aeg tiksub.“

„Mul on hea meel, et sa seda ütlesid,“ ütles Lia, “sest ma ei ole kindel, kas ma tahan sinna lennukiga lennata. Ma arvan, et Little Dorrit võiks olla parim variant, aga ma ei ole kindel, kas ta on sellest huvitatud. Ta lendab välja ühe reisijaga ja tuleb tagasi kahega.“

„Ka mina ei ole kindel,“ ütles Alfred. „Ma võiksin omal soovil sinna lennata - aga kuna Haruto on üsna noor -, siis peaksin ma teda lennukis saatma - kui tema vanemad ei tule ka kaasa. Pealegi pean ma muretsema halbade ilmastikuolude pärast - ja see on pikk tee.“

„Nagu ma ütlesin, otsustage teie kaks, mis teile kõige paremini sobib. Alfred, kui te otsustate lennukiga lennata - paluge onu Samil üksikasjad teie eest korda ajada.“

Kolmikud valmistusid kõiki lapsi kokku tooma. Siis nad plaanisid - võita need kurjad fuuriad. Isegi kui see oli nende viimane plaan.

PEATÜKK 1
AUSTRALIA

E-Z oli meeskonnast esimene, kes lahkus Põhja-Ameerikast. Oma ratastoolis üle taeva lennates nautis ta vabadust, mida vaba õhk võimaldas.

Ainuüksi mõte oma ratastooli lennukis hoiule panna tekitas talle hirmu. Mis siis, kui see kaotsi läheb? Või hävitatakse? See ei olnud risk, mida tasuks võtta. Kas Batman loobuks oma Batmobile'ist? Mitte kunagi.

Kuigi ta oli üsna kindel, et peaks koos Lachiega lennukiga tagasi sõitma. Ei oleks õige panna poissi üksi lendama. Äkki nad teeksid tema jaoks erandi ja laseksid tal ratastoolis lennata? Seda tasuks küsida. Ta ületaks selle silla, kui ta selleni jõuab. Pealegi ei tahtnud ta isegi mõelda lennukitoidule. Jumal tänatud, et tal oli nüüd kaasas pakitud lõunasöök.

Ta mängis pilvedega dodžemit - ja läks üks või kaks korda otse läbi. Aga ta pidi keskenduma. Lõppude lõpuks oli Austraalia teisel pool maailma.

Rosalie märkmed kasti poisi kohta ei olnud nii kasulikud, kui ta lootis. Ta oli lugenud tema loo kohta internetist. Kõige rohkem paistis talle silma, et poiss eelistas nüüd loomi inimestele. Pärast kõike seda, mida ta oli läbi elanud, oli see mõistlik.

Vaene poiss oli nii segaduses, kui nad ta leidsid, et ta oli unustanud, kuidas rääkida. E-Z teadis, et julmus on maailmas olemas, kuid see oli ütlemata raske.

E-Z-l oli palju küsimusi, millele ta lootis leida vastuseid, näiteks kus olid Lachie vanemad? Kes toitis ja puhastas tema puuri? Kes pani ta sinna sisse? Miks?

Artiklis öeldi, et nad saatsid välja reporterid, et saada poisist pilte, et näha, kuidas tal läheb, kuid loomad ei lasknud neid lähedale. Isegi kui nad üritasid kasutada teleobjektiivi. Harakad ründasid ja pommitasid neid. Ta vaatas paar klippi harakate rünnakutest - see oli nagu midagi Hitchcocki filmist *„Linnud"* . Lõpuks lendas üks harakas reporteri objektiiviga minema. Pärast seda jätsid nad poisi rahule.

E-Z lootis, et suudab võita poisi usalduse. Ja et ka tema loomasõbrad usaldavad teda. Kui mitte, oleks tema teekond mõttetu. Noh, mitte päris mõttetu, kui ta kohtuks ja räägiks poisiga. Kas ta tahaks teisi aidata, pärast seda, kuidas teda oli koheldud? Ainult aeg näitab seda.

Ta lendas Atlandi ookeani kohal. Ta oli seda teed varemgi lennanud ja seal oli ta esimest korda kohtunud Alfrediga. Tema taskus olev telefon vibreeris - ta vaatas ja seal oli sõnum Lialt.

„Tahtsin sulle lihtsalt teada anda, et reisin koos Little Dorritiga.“

„Sa otsustasid ikkagi mitte lennata - lennukiga -?“

„Väike Dorrit ilmus ja ta on minu graafikus.“

„Kõlab nagu plaan.“ Ta saatis pöialt üles emoji.

„Kus sa oled?“ küsis ta.

„Lihtsalt üle Atlandi ookeani. Vesi, vesi ja veel rohkem vett.“

Nad katkestasid ühenduse ja ta kiirendas tempot, ületades Aafrika, kus ta märkas Robbeni saart - vanglat, kus nad olid Nelson Mandelat peaaegu kolmkümmend aastat kinni pidanud.

Tema kõht korises; talle ei meeldinud seljakotis olev võileib. Nii et ta laskus Kaplinnas maha ja lootis, et saab oma pangakaardiga midagi süüa. Ta märkas sildi, mis kuulus kohale, kus müüdi „Traditsioonilist kala ja friikartulit", millel oli Briti lipp ja kus aktsepteeriti pangakaarti. Ta kandis oma ettevalmistatud söögi välja ja lendas üles Lion's Head'i tippu. Pärast seda, kui ta oli oma söögi, mis oli väga maitsev, ära söönud, tegi ta selfie ja jätkas siis oma teekonda.

„Ärge äratage mind kahe tunni pärast," ütles ta oma ratastoolile, mis vibreeris ja siis kiirenes. Kui ta uuesti ärkas, oli ta ületanud India ookeani. Tohutu tähepopulatsioon tema ümber pani ta end kuidagi vähem üksi tundma. Ta sõitis edasi, tundes end võidukalt, et on peaaegu kohal, kui nägi horisondil päikest, mis tõukas end taevasse, et uut päeva sisse juhatada.

Siis oli see otse tema ees - märkas Austraalia rannikut. Innukalt seda ise näha, lisas ta kiirust ja pürgis selle poole. Mõistes, et ta on väga janune, haaras ta oma seljakoti sisse ja tõmbas sealt välja veepudeli, mille ta tühjaks tõmbas. Ta pani tühja pudeli tagasi kotti, et seda hiljem ära visata, ja kuigi ta oli ikka veel üsna täis varem söödud kala ja friikartulidest. Ta otsustas edasi minna ja süüa singi ja juustu võileiba, mille onu Sam oli pakkinud.

Ta lendas Lääne-Austraalia kohal, tundes nüüd kuumust, võttis ta oma dressipluusi maha ja pani selle seljakotti. Ta jätkas Põhja-Territooriumi Outbacki ja mõtles, kus täpselt ta peaks maanduma, kui tema poole lendas pisike lind, kelle sinist värvi sulestik oli rõhutatud musta rõngaga kaelas.

„Tule mulle järele, E-Z," ütles ta. „Ma olen sind jälginud."

„Äh, mis sa oled?" küsis ta.

„Ma olen haldjas," ütles naine. „Tule, ta ootab."

Rühm sipelgaid saatis neid.

„Ära muretse," ütles haldjasõber. „Nad on meie saatjad."

Ta jälgis, millises ainulaadses vormis mustrinnaliste sipelgate valged triibud liikusid. Ta oli kuulnud liikuvast luulest, nüüd teadis ta täpselt, mida see fraas tähendab.

Siis märkas ta poissi. Ta oli nende all ja lehvitas. E-Z lehvitas tagasi. Peale selle, et ta istus erakordselt suure linnu seljas, nägi ta välja nagu iga teine poiss.

„Tere tulemast Austraaliasse," ütles ta. „Varsti läheb pimedaks, nii et tulge mulle järele. Oh, ja muide, võite mind kutsuda Lachie'ks."

„Tore kohtuda, Lachie! Ma ei jõua ära oodata, et näha rohkem teie vapustavast riigist. Soovin vaid, et saaksin kauemaks jääda.“

„Need on Savanna metsamaad,“ ütles poiss. „Hingake sügavalt sisse ja te märkate eukalüpti lõhna.“

„Jah, see lõhnab imeliselt,“ ütles E-Z.

Nad sõitsid edasi, läbi kivimaade, üle üleujutusalade ja billabongide. Lõpuks jõudsid nad oma sihtkohta The Outliers.

„Siin ma elan,“ ütles poiss. „Kakadu rahvuspark on Austraalia suurim maismaa rahvuspark, mille pindala on üle 20 000 ruutkilomeetri. Ma elan siin koos taimede ja loomadega.“ Muinasjumala maandus tema pea peale. „Oh, sa oled jälle väsinud,“ ütles poiss naeratades. Siis E-Z-le: „Ta vajab tihti küüti.“

Kui nad jõudsid alale, mis meenutas laagriplatsi, ütles poiss: „Tere tulemast minu koju.“

„Aitäh,“ ütles E-Z. „Mul oleks kindlasti vaja dušši või vanni ja ma pean pissima.“

„Ma kaevasin välja punkri, seal puu taga. Seal oled sa piisavalt turvaline. Siis näitan sulle, kus on veeuputus, et sa saaksid end puhtaks pesta.“

„Veejuga, mis? Kas seal on ka krokodillid?“

„Seal on krokodillid... aga nad on harjunud, et ma kasutan juga. Ma tulen sinuga esimest korda kaasa, kui sa tahad?"

„Ei, mul on tiivad ja mu tool ka. Me lendame ära, kui kuuleme rasket pritsimist!"

„Hea küll," ütles noorim. „Lihtsalt hõljuta kukkuvas vees - ära maandu - ja sul peaks kõik korras olema. Ma kogun vahepeal õhtusöögiks süüa. Kui vajate abi, hüüdke lihtsalt ja ma tulen jooksu."

Kui ta lähenes juga, märkas ta märke - ja neid oli palju, millel olid kirjas OHT ja HOIATUS. Ühel oli kirjas, et seal on nii soolase kui ka magevee krokodillid. Juku.

„Üles, üles!" suunas ta oma tooli. Ta läks otse vette, näoga ees, ja istus seal nautides, kuidas see üle ja ümber tema kukub. Alguses oli külm, aga kui ta sellega harjunud oli, tundus see hea.

Ümberringi vaadates mõtles ta emu peale, millel poiss teda kohtas. Tundus kummaline, et sellise suurusega lind - nende tohutute tiibadega ei suutnud lennata. Ta luges internetist lindude kohta, kes ei osanud lennata. Ta oli üllatunud, et nimekirjas olid kiivid koos emude, struuside, pingviinide, kassuaaride ja reaasidega. Ta luges internetist, et rotiitide DNA oli muutunud, nii et nüüd ei saa nad lennata. Ta tundis end veidi süüdi, et tema, poiss, võis lennata, kui need ilusad linnud ei saanud.

Kui ta oli puhas ja uutes riietes, suundus ta tagasi poisi juurde, kes valmistas usinalt nende sööki.

„See on pilliploom."

E-Z võttis hammustada. See maitses hämmastavalt.

„See on punane põõsaõun ja need on mustad sõstrad."

E-Z sõi kõike ja talle meeldis.

„See oli nüüd meie magustoit, ma pean valmistama pearoa." Poiss kaevas ja kaevas, siis tuli ta välja potiga, mis oli talle liiga kuum. Kui ta kaane tikuga eemaldas, pani lõhn, mida iganes ta oli keetnud, E-Zi suu vett jooksma.

„Need on rannakarbid," ütles poiss, pannes mõned neist lehele.

„Need on tõesti head. Ma pole kunagi varem rannakarpe proovinud."

Päike oli taevast langemas. „Aeg on magama minna," ütles poiss.

„Tänan veel kord, et sa mind nii teretulnud oled." E-Z haigutas. Kuni selle ajani polnud ta aru saanud, kui kaua ta oli ärkvel olnud.

„Sa magad seal üleval." Ta osutas üles, puu otsa, kus oli puumaja ja alla viiv köieline redel. „Sa võid üles lennata, pane pidur peale, et sa ei liiguks unes ringi. Minu tuba on seal." Ta osutas teise puu poole, mille otsas oli köis, mis viis alla ja mille otsas oli puumaja.

„Magage nüüd," ütles Lachie. „Hommikul mõtleme kõik välja.

PEATÜKK 2
JAPAN

E-Z oleks**võinudfredi**Austraaliasse teel maha elasta. Selle asemel otsustas ta lennata traditsioonilisel inimlikul viisil - lennukiga.

Samil oli vaja pidada läbirääkimisi, et veenda lennufirmasid andma trompetörluigele istekohta. Rääkimata istekohast esimeses klassis. Sam kasutas oma tööalaseid sidemeid, et aidata Alfredil stiilselt lennata.

Kabiinis kõrvaklappide ja oma õnneliku kikilipsuga tundis Alfred end nagu kodus. Ta oli lõdvestunud ja salongitöötaja oli tähelepanelik. Siiski ei suutnud ta ära oodata Jaapanisse jõudmist. Ja kohtuda Haruto-nimelise poisiga.

Alfred oli oma seljakoti lähedale paigutanud ja selle sees oli tal paar suupistet. Ta ootas, kuni ta oli tõesti näljane, enne kui kaevas oma kotti metsriisist ja metsseeliest. Koos toiduga oli tal kaasas ka telefoni varuaku ja Sami krediitkaart koos nõusolekuga, et ta seda kasutada saaks.

Samal ajal, kui ta aknast välja vaatas, kuidas pilved mööda lendavad, mõtles ta Harutole. Rosalie märkmete järgi oli ta teistest lastest palju noorem. Ja tal polnud aimugi, millised olid tema võimed - eeldusel, et tal olid võimed.

Alfredi plaan oli kõigepealt Haruto vanematele kõike seletada ja loodetavasti ka nemad kaasa haarata. Seejärel kergendada rohkem üksikasju selle kohta, kuidas Haruto saaks aidata, kui ta kinnitab oma eriala, st millised võimed tal on.

Raskeim osa oleks veenda neid, et nad laseksid oma noorel pojal välismaale reisida. Maksmine ei olnud probleem - Sam ütles, et ta peaks selleks kasutama oma krediitkaarti. Aga saada nad nõustuma, et lasta luigel oma last Põhja-Ameerikasse viia, nüüd oleks vaja veenda.

Ta nõjatus istme seljatoele ja see lükkas end tagasi.

„Kas soovite midagi?" küsis ilus saatja.

Hea, et inimesed said temast nüüd aru. See tegi tema elu palju lihtsamaks, sest tõlkijat polnud vaja.

„Tassike teed sobiks hästi," ütles Alfred. „Kaussis," lisas ta. „Seda nokka on raske teetassi sisse saada."

Teenindaja naeratas. Hetked hiljem tuli ta tagasi kausi, teekoti, suhkru, piima ja teise kausitäie jahedama veega. „Juhul, kui tee on liiga kuum," ütles ta.

„Tõepoolest väga tähelepanelik," ütles Alfred.

Ta lasi teel jahtuda ja jätkas aknast välja vaatamist. Oli nii mõnus istuda ja nautida vaadet. Ilma, et peaks muretsema suurte tuulepuhangute, lume, vihma või kiskjate pärast.

Lõpuks jõi ta oma tee koos vähese piima ja suhkruga ära, siis doseeris ta end maha.

Ta ärkas teadete peale, et teenindajad valmistavad reisijaid maandumiseks ette. Ta oli kogu lennu läbi maganud!

Aknast avanes tal täielik vaade Haneda lennujaamale. Ümberringi nägi ta palju ja palju värsket rohtu, mida ta sai süüa. Ta proovis natuke ning jättis riisi ja sellerit hilisemaks.

Kaugemal paistis Jaapani kõrgeima mäe - Fuji mäe - piirjooned. Samil oli olnud õigus, lennuki vasakul küljel istudes oli parim koht näha seda, mida tuntakse Jaapani südamena.

„Kas sa teadsid, et seal on vaatetorn, viiendal korrusel? Sealt avaneb teile ehk parem vaade Fuji-mäele," ütles lennujuhi saatja Alfredile.

„Ma soovin, et mul oleks rohkem aega, aga aitäh. Võib-olla tagasiteel."

Teenindajad lubasid tal esimesena lennukist väljuda. Nad rivistusid hüvasti jätmiseks, nagu oleks ta rokkstaar.

Kuna Alfredil oli ainult käsipagas ja luiged ei kvalifitseeru passile, tegi ta end lennujaamast välja, et leida takso.

Enne reisi oli ta netist uurinud, kuidas Jaapanis taksot palgata. Teave ütles, et ta peaks otsima taksode tuuleklaaside alumises paremas nurgas olevat punast kleebist. See punane kleebis kinnitas, et takso on renditav.

Kui ta ühe sellise kleebisega takso leidis, oli ta väga õnnelik. Ta lendas avatud akna juurde ja andis juhile oma noka abil märkuse. Märkus näitas, kuhu ta peab minema. Juht oli lahke ja ei viitsinud luigelaulu sõitjat vedada. Ta vajutas roolil olevat nuppu, mis avas tagaukse, nii et Alfred sai sisse astuda. Juht sulges ukse ja nad sõitsid minema.

Haruto ja tema pere elasid Jaapani suuruselt teises linnas nimega Yokohama. Kuigi ta püüdis vaatamisväärsusi, sealhulgas skyline'i vaadelda, mõtles ta vaid sellele, kuidas ta veenab Harutot ja tema perekonda, et nad võtaksid osa nende võitlusest The Furies'i vastu.

Telefon tema seljakotis vibreeris. Ta haaras sinna; see oli sõnum E-Z-lt.

„Lachie'ga praegu. Kuidas sul Jaapanis läheb?"

Ta tippis nokaga, mida ta oli ise õpetanud, sest ta oli Jaapanis üksi reisinud. Ta oli ka kiire ja ei teinud palju kirjavigu.

„Peaaegu Yokohamas nüüd taksoga. Loodan, et jõuan varsti Haruto juurde."

E-Z saatis talle pöialt üles emoji.

Alfredi poeg oli armastanud Gundam-roboteid ehitada. Yokohamas ehitati hiiglaslikku robotit. Kui see valmib, oleks see 59 jalga pikk, avastas ta, kui ta sellest internetis luges. Tema poeg oleks tahtnud seda Jaapanis näha. Kuna nad surid, püüdis Alfred neist mitte mõelda, sest see tegi teda kurvaks. Täna, siin Jaapanis, otsustas ta siiski kõike näha, nagu oleks tema perekond seal tema kõrval. Elu oli liiga lühike, isegi luigena, et kogu aeg kurb olla.

Autojuht peatus aiamaja ees, mille treppidel olid lilled mõlemal pool käsipuud. Autojuht avas ukse ja Alfred astus välja. Ta kõndis paar treppi üles, peatus ja napsas rohtu, mida oli mõlemal pool treppi rohkesti. Õhk oli jahe ja lõhnav ning maja ees olev eraaed oli ilus. Peaaegu üleval, märkas ta, et maja ümbritsev esiosa oli väga kutsuv, vasakul sissekäigu lähedal oli öökulli veesoon. Ometi olid majas endas kõik rulood alla tõmmatud, nagu poleks kedagi kodus. Ta lootis kindlasti, et keegi on seal teda tervitamas. Ta soovis suupistet ja pisut puhata.

Ta koputas nokaga uksele. Ukse keskel asuvast kastist kostis hääl, mida ta ei saanud kätte, ilma et oleks põgenenud - mida ta ka tegi.

„Minu nimi on Alfred,“ ütles ta.

Uks avanes ja vanem naine viipas talle sisse. Ta järgnes talle, mõeldes, kas keegi meeskonnast oli võtnud perega ühendust, et tutvuda enne tema saabumist.

Ta jätkas naisele järgnemist, sest tema võrkpuudega jalgade kloppimine kõvapuitpõrandal oli ainus heli, mida kuulda oli. Maja sisemus oli täis puitu - ja lõhnavad orhideed täitsid õhku. Eakas naine viis ta elutuppa, mis oli täis mööblit, enamasti nahka.

Maja tagaosas olid rulood lahti - ta võttis vaateid plüšeeritud rohelusele tagaaedades. Naine osutas ühe tooli poole ja mees liikus, et sinna sisse istuda.

Ta oli end just mugavaks teinud, kui naine naasis tuppa tagasi kandikul, mis oli täidetud aurava kuuma tee ja mõnede kookidega. Justkui oleks naine teda oodanud - kas see või võttis Jaapanis veekeetjate keetmine palju vähem aega.

Naise taga oli väike poiss, kes hoidis naise jalast kinni ja peitis end selle taha. Poiss oli õige vanune, et olla Haruto, kuid olles lugenud, et jaapanlast ei tohiks ilma loata eesnime järgi kutsuda. Aeg-ajalt vaatas poiss Alfredile otsa, siis peitis ta end jälle ära. Ta paistis olevat maksimaalselt nelja või viieaastane ja tal oli seljas Optimus Prime'i t-särk, lühikesed püksid ja sussid jalas.

„Sulle meeldib Optimus Prime?" Alfred küsis.

Poiss naeratas ja läks siis tagasi oma peidupaika.

Naine ajas poisi eemale, et ta saaks teed serveerida.

Alfredil oli telefonis seadistatud tõlk. Ta luges ekraanilt sõnu tere ja ütles: „Kon'nichiwa." Ta vabandas oma kehva häälduse pärast.

„Ta on britt," ütles poiss ja kui ta seda tegi, torkas vanem naine.

Alfred oli üllatunud, kui hästi see noor poiss inglise keelt rääkis. „Ah, sa räägid inglise keelt. Ja jah, ma olen. Oskad, et oled mu aktsenti märganud.“

Poiss vaatas naisele otsa, enne kui seekord rääkis. Naine noogutas.

„Isa ja ema on tööl,“ ütles ta. „See on minu Sobo“ (mis tõlkes tähendab vanaema) "ja minu nimi on Haruto.“

„Tere,“ ütles naine, samuti inglise keeles. „Sa peaksid hiljem tagasi tulema.“

„Minu nimi on Alfred. Kas ma võin teie Harutoks kutsuda?“ Poiss noogutas, siis naisele: "Kuidas ma peaksin teid kutsuma?“

„Sobo,“ ütles naine, "kõik kutsuvad mind Soboks, sest ma olen Haruto vanaema, ma olen kõigi vanaema. Ta jagab mind hea meelega.“

Alfred noogutas: „Mul on väga hea meel teie mõlemaid tundma õppida.“

„Kas Rosalie saatis teid?“ küsis poiss.

„Sa mäletad Rosalie't?“ Alfred küsis. Tal oli ülihea meel, et neil oli see side - kuigi see, et Haruto oskas eelnevalt inglise keelt, oleks võinud teda veidi muretsemisest säästa. Sellegipoolest otsustas ta järgida naise nõuannet ja tõusis, et lahkuda.

„Mu isa töötab siin lähedal," ütles Haruto.

„Ma pean leidma koha, kus ööbida. Kas te oskate soovitada lähedal asuvat kohta?"

Haruto vanaema andis Alfredile aadressi koos juhistega, kuidas sinna jalgsi jõuda.

„Ma helistan meie sõbrale, kes haldab hotelli. Ta aitab teil end sisse seada ja te võite hiljem minu poja juurde kohvikusse tulla."

„Aitäh," ütles Alfred.

Jalutuskäik hotelli oli lühike ja ta nautis värsket õhku. Ta proovis isegi jaapani rohtu, mis maitses üsna hästi, ja võttis paar lonksu ka purskkaevust.

Tuba oli väike, kuid selles oli kõik, mida ta vajas, ning see oli erakordselt puhas ja hästi varustatud. Tema öökapil oli lamp, mille alus oli öökulli kujuga. Ta klõpsas seda sisse ja välja, märkas, kuidas silmad särasid. Ta käis duši all, vahetas teise kikivärvi ja suundus siis kohvikusse, kus ta Haruto isaga kohtub.

Tema telefon surises; see oli jälle E-Zi sõnum.

„Kuidas on Jaapan?"

„Kena," kirjutas ta tagasi, kasutades oma nokka kirjutamiseks. „Ma kohtusin Haruto ja tema vanaemaga. Nad räägivad inglise keelt. Ta on väga häbelik, aga tundis Rosalie't. Ta oli märgatavalt noor

- võib-olla neli või viis. Võib-olla on raske veenda tema perekonda, et ta lubaks teda Põhja-Ameerikasse tulla."

„Rosalie teadis, et tal on võimed - aga jah, see on noorem, kui ma arvasin," ütles E-Z. „Hea, et nad räägivad inglise keelt. Kus sa nüüd oled?"

„Ma lähen kohvikusse, et kohtuda Haruto isaga. Muide, ma ei usu, et Rosalie jõudis oma märkmeid Haruto kohta uuendada või täiendada. Ta nimetas teda lapseks."

„Ma ei ole kindel, kui mures me peaksime praegu olema, aga ma lugesin netist - seal öeldi, et Fuuriad võivad võtta mis tahes kuju. Lihtsalt jagasin infot. Kuna me ei suuda neid ära tunda, siis kui nad meist teada saavad, peame olema ettevaatlikud."

Alfred saatis pöialt üles emoji.

„Peab nüüd minema," ütles E-Z.

PEATÜKK 3
PAHAD UNED

E-Z magas ja oli ärkvel. See tähendab, et ta nägi oma voodi kohal olevat lage, tundis, kuidas madrats tema selga toetas. Ja ometi karjusid tema peas kolm bänni:

„Ütle meile, kus sa oled!"

„Ütle meile!"

„Ütle meile kohe!"

„Noooooooooooooooooo!" karjus ta.

Siis oli tema pea kohal laes peegel. Kuid inimene selles, kes peegeldus talle tagasi, ei olnud ta ise. Selle asemel oli see tema onu Sam. Ja peegelpildis karjus ja väänles valusalt tema onu Sam.

„Onu Sam on meie pööningul!" karjus esimene nõid.

„Ja ta ei pääse enam kunagi välja!" kaks teist hüüdsid üksmeelselt.

Siis puhkes kolmekesi mingi naer, nagu ta polnud kunagi varem kuulnud. Hääled olid hüüdlaadsed, kõhulike, loomaliku iseloomuga.

„Räägi!" nõudsid kurjad nõiad ning torkisid ja torkisid onu Sami nagu oleks ta küpsetamisele eelnev liha.

„E-Z," ütles onu Sam, tema hääl värises, nagu oleks ta keha tema peegelduses. „Mida iganes nad tahavad, ärge andke seda neile. Ükskõik, mida nad minuga teevad, ärge andke järele."

„Kui sa talle haiget teed," ütles E-Z, "siis ma, ma..."

„Ütle meile, kus sa oled, kus nad kõik on, ja me laseme ta vabaks," laulsid nad üheskoos häälega, mis ei oleks tundunud kohatu ka Hadesis.

„Me vajame vaid vihjet või kahte," ütles teine.

„Selgitage meile, kes on kes," ütles esimene.

„Või me teeme ära teate kes," ütles kolmas.

Siis nad naersid. Nende hääled tema peas, tegid nii haiget. Aga ta nägi ainult unes. Ta pidi end üles äratama - KOHE.

„Ahhhhhhhhhhhhhhhhhhhhhhhhhhhhh!" Onu Sam hüüdis.

Veel rohkem naeru.

E-Z ärkas ja mõistis kiiresti, et on Austraalias koos Lachiega, mitte kodus oma voodis. Ta vaatas oma telefoni, kuid seal oli ainult üks baar. Ta jätkas kontrollimist, kuni tal oli piisavalt patareisid, et helistada onu Samile. Et veenduda, et temaga on kõik korras. Et see oli olnud õudusunenägu ja mitte midagi muud.

Puumaja all kuulis ta, kuidas Lachie liikus. Tõenäoliselt valmistas ta hommikusööki. Oli hea näha noorukese elu. Kuidas ta oli end pärast kõike seda, mida ta oli läbi elanud, uuesti kokku pannud. Inimesed olid üsna tähelepanuväärsed.

Mida iganes Lachie ka ei valmistanud, lõhnas hästi ja tema esimene soov oli kohe sinna alla lennata ja talle oma õudusunenäost rääkida. Kuid miski ta tagumises mõttes ütles talle, et ta peaks seda enda teada hoidma - esialgu. Lõppude lõpuks ei saanud Raevukad teada, kus ta elab. Kus nad kõik elasid. Ta kontrollis uuesti oma telefoni ribasid - seekord mitte ühtegi riba. Ta topis selle taskusse ja lendas alla.

„Kas sul oli mõnusat pai?" Lachie küsis, lusikates tule kohal istuvast potist vedelikku kaussi.

E-Z võttis selle vastu. „Ma nägin imelikku unenägu, aga muidu jah. Seal üleval on mõnus. Tänan, et oled nii vastutulelik.“

„Ei mingit muret. Siin on palju vaime. Ja sulle tundmatud helid. Kui tahad unenäost rääkida, võid vabalt,“ ütles Lachie.

„Võib-olla hiljem.“

„Okei, kaevake edasi. Ma loodan, et sulle meeldivad seened.“

„Armastan neid,“ ütles E-Z, kui ta lusikaga suures koguses kuuma auravat suppi suhu lükkas. „See on väga hea.“

„Oi, oota, ma unustasin damperi - see on leib.“ Ta avas mõne alumiiniumfooliumi, mis oli lõkkeplatsi keskel, ja rebis selle neljaks, andes E-Z-le esimese osa.

„See on parim leib, mida ma kunagi maitsnud olen! Kuidas sa niimoodi küpsetama õppisid?“

„Mõned kohalikud õpetasid mind. Tore, et sulle meeldib.“

Nad istusid vaikselt, kui päike naeratas neile kõrgest taevast alla. E-Z püüdis mitte mõelda oma õudusunenäole. Ta tõmbas telefoni taskust välja ja vaatas uuesti trellid. Vaevu üks. Ta armastas tehnoloogiat - kui see töötas.

„Nüüd, kui kõht on täis, räägime sellest, miks sa siin oled," ütles Lachie. „Eelkõige sellest, kuidas ma saan olla kui abi."

E-Z ei rääkinud, selle asemel heitis ta taas lootusrikka pilgu oma telefonile. Lachie ei paistnud sellest häiritud olevat, sest ta rebis järjekordse tüki damperit maha. Lõpuks võttis ta end taas kokku ja keskendus asja juurde.

„Vabandust, mu mõtted olid miljonil kilomeetril eemal."

„Pole probleemi. Kas sa tahad rohkem damperit?"

„Ei, mul on kõik korras. Niisiis, ma tahaksin kõigepealt teada, mida Rosalie sulle meie kolmekesi rääkis. Ma mõtlen, Alfred, Lia ja mina."

„Jah, ta rääkis mulle kõike teie kolmest. See oli nagu oleks ta siinsamas minu juures, jutustades mulle voodilugu. Mida rohkem ta rääkis, seda rohkem tahtsin ma teiega kohtuda, teid aidata."

„Mul on hea meel kuulda, et sa tahad aidata. Lase mul siiski kõigepealt üksikasjadega tutvuda, enne kui võtad kohustuse. See ei saa olema kerge tee meie kõigi jaoks."

„Ma ei karda väljakutset," ütles Lachie. „Mida Rosalie sulle minu kohta rääkis?"

„Ausalt öeldes ei rääkinud ta mulle palju, aga ma lugesin sinust internetist. Kas sa said kunagi teada, mis su vanematega juhtus?"

„Ei, ja ma ei taha seda ka teha. Ma olen siin õnnelik, iseseisev. Ma ei vaja kedagi."

„Kõigil on vaja sõpru," ütles E-Z.

„Võib-olla."

„Kas Rosalie rääkis sulle Füüriatest?"

„Ei, aga ta ütles, et sa kutsud mind ühel päeval, kui sul on vaja minu abi kurjuse vastu võitlemisel. Ja ta mainis The Furiesi - kellest ma juba kuulsin."

„Tõesti? Mida sa kuulsid?" E-Z uuris.

„Põliselanikud, kellelt ma iga kord, kui ma nendega koos olen, midagi uut õpin, teavad kõike The Furies'ist. Nad on võtnud sihikule ürgsed, püüdes neid karistada ja oma maadelt välja tõrjuda."

„Lachie seisis, valas tulele vett ja veendus, et see on täielikult kustunud.

„Mina igatahes usun, et kurjus peab eksisteerima, et hea säiliks - aga selleks peab olema mingi koodeks - ja nemad ei järgi mingit koodeksit. Kõik, mida nad teevad, on nende enesekaitseks ja nii ei saa elada."

„Need on targad sõnad, sinu vanuse kohta," ütles E-Z. Pärast seda, kui ta seda ütles, tundis ta end veidi piinlikult, nagu oleks ta liiga palju püüdnud olla tark, olles neist kahest vanem. „Ma arvan, et sa oled vist seitse või kaheksa, kas mul on õigus?"

„Ma arvan küll, aga mis puutub mu tegelikku vanusesse, siis ma ei ole kindel. Kui nad mind leidsid, ei leidnud nad mingeid dokumente, mis seda tõestaksid. Arvan, et kui mu hääl hakkab muutuma, siis saan ma paremini aru." Ta naeris.

„Seniks võid sa ise oma vanuse valida," pakkus E-Z.

„Nii nagu ma valisin oma nime," ütles Lachie. „Igatahes, mida iganes sa mind vajad, ma olen nõus."

„Mis toimub The Furiesiga, on see, et nad kasutavad internetti. Sa ju tead internetist, jah?"

„Tean. Neil on raamatukogus wi-fi. Ma armastan lugeda. Mütoloogia on päris lahe. Sci-fi ka."

„Fuuriad kasutavad laste lõksutamiseks online-multiplayer mänge. Enamik lapsi mängib mänge, kaasa arvatud mina," ütles E-Z.

„Mängud on ajaraiskamine," ütles Lachie. „Seda õpetasid mulle põlisrahva õpetajad. Elu on liiga lühike, et raisata seda mõttetute tähelepanu hajutavate tegevustega."

„Kõik armastavad siiski mänge," ütles E-Z. „Ma võiksin teile esitada ülemaailmseid arvandmeid, aga peamine on see, et Furiad kasutavad seda nähtust ära. See on nagu iga laps, kes mängib, on andnud neile ligipääsu oma südamesse ja mõtetesse."

„Kuidas nii?"

„Et mängus kõrgemale tasemele tõusta, tuleb täita ülesannete nimekiri. See on ainus viis, kuidas mängus edasi liikuda. Kui sa ei teeks seda, mida sinult nõutakse, poleks mängu mängimisel mõtet. Ja ometi on see, mida sinult palutakse teha mitu korda, reaalses elus seadusega vastuolus."

„Seaduse vastu! Nagu näiteks?" Lachie küsis.

„Nagu tapmine."

Lachie raputas pead.

„See on mäng, nii et sa teed seda, mida pead tegema, et järgmisele tasemele pääseda."

„Okei, arvan, et ma saan aru. Furia mandaat oli karistada neid, kes panid toime kuritegusid ja jäid karistamata. Nad väänavad seda mandaati, et teha haiget lastele, kes mängivad kujuteldavat mängu."

„Just nii, Lachie. Täpselt. Ja kui lapsed surevad, varastavad nad nende hinged."

„Milleks?"

„Oled sa kunagi kuulnud hingepüüdjatest?"

„Ei," ütles Lachie.

„Kui sa sured, on su hingel igavene puhkepaik. Seda nimetatakse hingepüüdjaks. Aga need lapsed ei ole mõeldud surema, kui fuuriad neid võtavad, nii et neid ei oota Hingepüüdja."

„Kust sa seda kõike tead?" Lachie küsis.

„Peainglid mitte ainult ei rääkinud mulle, vaid näitasid mulle. Ma olin paar korda oma Hingepüüdjas. Nad kutsusid mind sinna. Ma isegi ei teadnud, kuidas seda nimetatakse, kuni see kõik tuli välja. See ei ole midagi, millega inimesed peaksid tegelema. Enamik arvab, et me läheme taevasse või põrgusse."

„Kui su hingepüüdja oli valmis ja sa oled alles laps, miks siis nende omad ei ole valmis?"

„Hea küsimus. Üks, mille peale ma varem ei olnud mõelnud. Arvatavasti eeldasin, et ma olen eriline asjaolu," ütles E-Z. „Aga ma tean, et peainglid on midagi ära rikkunud. Midagi, millest nad ei taha rääkida. Võib-olla vajavad nad sellepärast meie abi, et seda asja parandada."

„Kuidas nad seda siiski teevad? Seda ma ei saa aru."

„Nad on reegleid painutanud, lootes saada kontrolli kõigi hingepüüdjate üle. Kui me sureme, peaksid meie hinged minema sellesse, mis ootab meid surres. Need ei ole mõeldud ülekantavaks. Kui nad neid kõiki kontrollivad, siis ei ole igal hingel kuhugi minna. See lükkab surmajärgse elu kaosesse. Nii et nüüd, kui sa oled kõike kuulnud - kas sa oled ikka veel sees?"

„Jah, kindlasti. Pealegi, siin pole midagi paremat teha. Mul peaks olema huvitav seiklus."

„Kui sajaprotsendiliselt aus olla," ütles E-Z, "siis ei saa see lihtne olema. Ja sa paned koos meiega oma elu ohtu. Aga me toetame üksteist.

„Me võidame!"

„Ma loodan seda kindlasti, aga kõigepealt peame välja mõtlema, kuidas me sinna jõuame. Onu Samil on meie jaoks mõned lennupiletid ootele pandud. Me peame need lähimast rahvusvahelisest lennujaamast kätte saama. Ta on need reserveerinud."

„Pole vaja!" Lachie ütles. „Mul on oma transport." Ta pistis kaks sõrme suhu ja vilistas.

Paar minutit ei juhtunud midagi.

„R---R---R---R---RRRRRRRRRRRRRRRRR." „Mis see oli?" E-Z küsis.

Lachie seisis väga paigal, kui puud nihkusid ja liikusid sosinal.

Järgmisena kuulis E-Z tiibade laperdamist. Hääle järgi oli see, mis iganes tuli, hiiglaslike tiibadega.

Siis murdis olend läbi puude lehestiku. See ei oleks sobinud välja üheski Harry Potteri filmis.

„Kas see on draakon?" küsis E-Z.

„Ta on Aussiedraco," ütles Lachie. „Tuntud ka kui pterosaurus, nii et ta on kohalik." Draakonile ütles ta: „Tere päevast, sõber," ja läks teda tervitama. Hiiglaslik soomuslane langetas pea. Lachie silitas teda, siis hüppas ta selga.

„Tule, E-Z, mida sa ootad?"

„Äh, mul on oma transport."

Lachie viskas pea tagasi ja naeris.

„HAR-HAR-R-R-R-R-R!"

liitus olend.

„Tema nimi on Baby," ütles Lachie. „Hüppa peale, sest Baby tahab sind kaasa võtta, ja mida Baby tahab, seda Baby ka saab."

„Aga minu tool!"

Baby sirutas oma pika kaela välja, võttis E-Zi üles. Toolist vabanenuna viskas ta ta selga. E-Z haaras Lachiest kinni, kui Baby õhku hüppas.

„Ettevaatust puude eest!" E-Z hüüdis.

Lachie ja Baby naersid.

Nad lendasid minema, üle kilomeetrite ja kilomeetrite punase liiva.

Varsti tundis E-Z end juba mitte enam hirmul.

Nad lendasid üle mitme kivimoodustise, millest üks nägi välja nagu Homer Simpson pikali. Järgmisena nägid nad Ulurut, tohutut punast monoliiti.

Nad veetsid terve päeva, lennates üle Austraalia, nautides vaatamisväärsusi.

„Parem oleks tagasi minna," ütles Lachie. „Meil on vaja korralikult magada, enne kui läheme Põhja-Ameerikasse ja kohtume ülejäänud meeskonnaga."

„Kõlab nagu plaan," ütles E-Z, nautides nüüd üha enam ja enam sõitu ning soovides, et see ei lõpeks kunagi. Ta ei kukuks, tal olid tiivad, kui neid vaja oleks - aga ta teadis üht kindlalt, et Baby'ga lendamine oli elu.

Ta lihtsalt mõtles, kus ta teda hoida kavatseb, kui nad jälle koju jõuavad. Draakon oli liiga suur, et garaaži ära mahtuda. Ta saaks selle probleemiga hakkama, kui ületaks selle silla. Võib-olla, kui ta ja Little Dorrit saaksid sõpradeks, võiksid nad koos magada?

„Ära muretse minu pärast," ütles Baby.

E-Z tegi kahe silma vahele.

„Uh, jah, ma oskan mõtteid lugeda. Mitte kogu aeg ja mitte igaühe oma," ütles Baby. „Ma lahendan ise oma magamisvõimalused. Ja mis puutub Little Dorriti, siis ükssarvikud ja draakonid ei tule tavaliselt omavahel läbi - aga ma oleksin nõus seda proovima."

Baby jättis nad maha ja lendas öösel minema.

E-Z mäletas onu Sami kohta, kuid ta oli liiga väsinud, et midagi ette võtta. Ta helistaks talle hommikul. Loomulikult oleks kõik korras.

PEATÜKK 4
VÄLJAKUTSE OZ

Järgmisel hommikul, kui E-Z ja Lachie valmistusid reisiks, vestlesid nad ja õppisid üksteist paremini tundma.

„Ma pean oma telefoni laadima ja helistama onu Samile. Ma tahaksin enne Austraaliast lahkumist teha ühe pitstopi, et teha mõlemat.“

„Pole probleemi, sest ma tahaksin ka mõned tarvikud kätte saada. Me saame kõik korraga ära teha. Mina teen sisseoste, sina saad telefoni laadida ja helistada onule. Midagi, millest ma peaksin teadma?“

„Lihtsalt üks kummaline unenägu, mis mul oli. Paneb mind kontrollima, et ma ei muretseks asjatult.“

„Üsna õiglane,“ ütles Lachie, kui ta mõned toidutarbed ära paigutas, nii et need oleksid turvalised, kuni ta tagasi jõuab. „Ma kindlasti igatsen seda kohta."

„Ma tean, ja su sõbrad ka, aga sa leiad uusi sõpru ja kõik panevad sind end kohe koduselt tundma. Pealegi oled sa tagasi enne, kui sa seda märkad."

„See ongi see, mis mulle muret teeb. Mis siis, kui ma ei taha tagasi tulla? Mis siis, kui ma harjun sellega, et inimesed on ümberringi? Et mind hellitatakse mugavustega?" Ta tegi pausi, kui kaks harakat maandusid, üks kummalegi tema õlgadele. Linnud nokkisid kergelt tema kõrvu, nagu sosistaksid talle. Lachie naeratas ja nad lendasid minema.

„Mida nad ütlesid?" E-Z küsis.

„Äh, tegelikult mitte midagi. Nad ütlesid lihtsalt, et armastavad mind ja hakkavad minust puudust tundma." Korp lendas alla ja maandus tema õlale. „See on mu sõber Erroll."

„Rõõm tutvuda sinuga, Erroll," ütles E-Z. „Äh, kuidas te kahekesi sõbraks saite?"

Lachie naeris. „Naljakas, et sa seda küsid. Errol on juba ülimalt kaua aega siin olnud. Tegelikult oli tema vanaisa mitu korda lemmikuks kellelegi, kes võiks olla sinu kauge sugulane. Seda juhul, kui sa oled Charles Dickensi sugulane?"

E-Z kummardus ja noogutas. Lachie oli nüüd kindlasti tema täielik tähelepanu.

„Charles Dickensil oli lemmikloomana kährik, kelle nimi oli Grip. Läbi aegade edasi jutustatud lugude kohaselt oli just Grip see, kes inspireeris Edgar Allan Poe'd kirjutama oma kuulsaimat luuletust nimega „Vares".“

„Vau, see on nii lahe!“ E-Z hüüatas.

„Linnud on üliintelligentsed. Nagu ka põliselanike vanemad, kes võtsid mind oma tiiva alla, kui ma esimest korda Outbacki jõudsin. Nad õpetasid mind lugema ja kirjutama, toitu valmistama. Samuti õpetasid nad mind, kuidas ära tunda ja vältida mürgiseid taimi ja loomi.

„Ma õpin iga päev midagi olenditelt, kellega ma kohtun ja kellega ma räägin. Nad ütlevad, et vanasti võisid kõik loomadega rääkida - mitte ainult mina -, kuid midagi on muutunud. Nad arvavad, et see juhtus meie ajus, aga mis iganes juhtus kõigi teistega, minuga ei juhtunud.“

„Kuidas nad teadsid, et sa oled teistsugune?“

„Nad ütlevad, et kuulsid minust, kui ma sündisin ja kui minust sai poiss kastis. Veel enne minu sündi lendasid kuulujutud minust sosinal mööda maailma ringi. Nad olid mind oodanud, nii öeldi mulle juba ammu."

„Kui kaua?" E-Z uuris.

„Ma ei taha kõlada suurepäiselt, aga räägitakse, et Mozart teadis minust - tal oli lemmikloomana täheke ja ta elas [17]. sajandil. See on uuem. Enne teda võib seda jälgida Virgiloseni 70. aastal eKr. Kas teadsid, et tal oli lemmiklendlane?"

„Tõesti? Kärbes - lemmikloom?"

„Ma olen rääkinud ühe põõsakärbsena, kes oli Virgilliusega sugulane - tema nimi oli Leonard või lühendatult Leo, ja ta kinnitas kõike." Lachie võttis poti üles ja peitis selle koos mõne muu asjaga põõsasse. „Olen vestelnud ka Andrew Jacksoni papagoi sugulasega. Jacksoni linnu nimi oli Pol - see oli kingitus tema naisele - ja ta oli isane, aga kuna tema sugulane oli emane, siis oli tema nimi Polly. Tal oli kummaline huumorimeel!"

„Kõlab nagu see. Uh, ma loodan, et me saame veel rääkida, aga ma pean sinult küsima sinu erivõime kohta - ja me peaksime varsti teele asuma, see tähendab, kui sul on kõik turvaliselt ära pandud."

Lachie noogutas: „Muidugi. Peaaegu valmis. Pean vaid veel mõned asjad kindlustama. Seniks räägi mulle kõigepealt endast."

„Noh, sa oled mind ja mu tooli juba tegevuses näinud - jah, me oskame lennata. Minu toolil on erilised võimed, lisaks lendamisele suudab ta ka kurjategijaid kinni püüda ja tal on vere maitse. Me oleme paar, minu tool ja mina, nagu Batman ja tema Batmobile."

„Lahe!" Lachie ütles. „Aga see verejutt on kuidagi imelik."

„Waste not want not, ei tea, kes seda ütles, aga mu tool näib olevat nõus. Selle asemel, et lasta seda maasse tilkuda, imeb ta seda üles.

„Meie esimene päästetöö oli väike tüdruk - me päästsime ta sõiduki alla jäämisest. Siis päästsime lennukit täis reisijaid. Ma ei taha hooplema hakata ja olen kindel, et sa saad asja sisust aru. Läbi teiste aitamise avastasin, et olen nüüd super tugev ja nii on ka minu tool. Oh, ja me oleme kuulikindlad."

„Sa mõtled, et inimesed on sind tulistanud?"

„Jah, meil oli paar korda olukordi, kus oli relvadega seotud. Nüüd on sinu kord."

Minu kõige hämmastavam vägi on, nagu sa juba nägid - ma võin rääkida ükskõik milliste olenditega, ükskõik millistega. Tegelikult, kui sa eile arvasid, et sa räägid Beebiga, noh, sa justkui rääkisidki, aga kui mind poleks siin, räägiks ta jama. Ta suhtleb sinuga minu kaudu. Ma olen nagu võrk, turvavõrk. Ma võin selle sulgeda või avada, sõltuvalt sellest, mida ma otsustan.

„Kui ma selles puuris olin, istusid loomad väljas ja jutustasid. Mõnikord arvasin, et nad suhtlevad minuga, aga siis mõtlesin, et äkki ma lähen hulluks. Ükskord lendas üks kakak läbi mu puuriraua sisse ja ütles, et ta võib mind välja aidata, kui ma seda tahan.

„Uhh, ma vihkan torakaid. Pole küll kunagi kuulnud lendavatest tigudest."

„Nad on tegelikult päris targad ja neil on tohutu ellujäämisinstinkt - ma mõtlen, et nad söövad kõike."

„Kahju, et nad ei söönud neid, kes sind sinna kasti panid." E-Z mõtles hetkeks. „Miks sa ei lasknud tal proovida sind päästa? Ma mõtlen, et sul polnud ju midagi kaotada."

„Kuidas ongi see vana ütlus, et parem, kui kurat teab?"

„Ma saan aru, et sa ei kartnud neid inimesi, kes sind kinni pidasid?"

„See ei olnud tegelikult kast - see oli puur. Aga see kõlab paremini, kui seda kastiks kutsutakse. Pealegi ei teinud nad mulle kunagi haiget. Nad hoidsid mind toidetud ja joodud. Vahetasid ajalehe. Ja ma ei näinud tegelikult kunagi, kes nad olid, sest nad kandsid maske.“

„Ma ei saa aru, miks nad sind seal üldse kinni pidasid.“

„Seda ma vist ei saa kunagi teada. Ja ma ei jäänudki vastuseid saama, kui nad mind välja lasid.“

„Kuidas see käis?“

„Nad seadsid mulle samas majas toa sisse. Saatsid kaasa ühe toreda naise, kes minu eest hoolitses. Ma ei läinud kunagi majast välja. See oli minu jaoks liiga hirmutav.“

„Kas sa suutsid rääkida? Ma mõtlen, et kui sa olid igavesti puuris, siis kas sul on mälestusi varasemast ajast? Oma vanematest?“

„Mulle ei meeldi sellest rääkida. Minevik on minevik. Ma ei saa seda muuta. Ma vaatan alati ettepoole. Aga ma ei sündinud puuris. Vahel ma arvan, et mäletan, kuidas ma koolis käin. Aga see võis olla unenägu. Mõnel päeval on raske vahet teha.“

E-Z tuletas endale meelde, et helistab onu Samile.

„Kuidas sa siis siia sattusid, elasid koos loomadega ja olid sajaprotsendiliselt iseseisev? Sa vist ei igatse inimesi?"

„Sa ei saa igatseda seda, mida sa ei mäleta. Mis puutub loomadesse, siis ma ei valinud neid, nemad valisid mind. Nad tulid majja, nagu oleksid nad teadnud, et ma ei ole enam puuris, ja ootasid, et ma välja tuleksin. Nad juba teadsid, et ma võin nendega rääkida, neid mõista - aga mina ei teadnud, et ma suudan, kuni ma seda proovisin. Siis avanes minu jaoks terve maailm ja ma pidin sellest osa saama. Ma ei olnud enam üksi. Siis nad pakkusid, et võtavad mind ära ja hoiavad mind turvaliselt. Nüüd oled sa Lachie looga kursis."

„See on hämmastav lugu. Niisiis, loomadega rääkimine. Kas sa oled veel midagi avastanud?"

„Noh, jah. Aga see on päris uus."

„Räägi mulle sellest."

„Parem on, kui ma sulle näitan."

„Okei," ütles E-Z.

Ta vaatas, kuidas Lachie püsti tõusis ja kõndis lähedalasuva eukalüptipuu poole. Ta jäi korraks puu kõrvale seisma, siis astus ta edasi, nii et seisis puu paksu ilmastikukahjustatud tüve ees. Siis oli ta kadunud.

„Mida?"

Lachie liikus teisele poole puud, siis jälle tagasi vastu tüve.

„Oh, sa oled siis nähtamatu?"

„Ei, vaata lähemalt." Ta astus puust eemale. „Jälgi mu silmi."

E-Z tegi seda, ja ta nägi Lachie silmi puu tüvel, aga ta ei näinud Lachie't. „Oota hetk," ütles E-Z. „Ma saan aru. See on kamuflaaž - sa oled kameeleon. Vau!"

Lachie naeris, siis pöördus ta tagasi oma kohale.

„Kuidas sa selle avastasid? See on tõesti lahe võime. Sa võid praktiliselt kõikjale sulanduda ja keegi ei saa kunagi teada!"

„Pärast seda, kui olin elanud mõnda aega koos olenditega - ei näinud ühtegi inimest -, tuli ühel päeval siia läbi hulk matkajaid. Ma jooksin, et ronida puu otsa ja varjuda, kuid mul ei olnud piisavalt aega - nii et ma lihtsalt peatusin vastu puutüve ja jäin paigale. Nad kõndisid minust mööda, nagu mind ei olekski olemas. Ma ei saanud sellest aru. Üks lind maandus mu õlale ja üks madu roomas mu jalga mööda üles. Nad nägid mind, aga inimesed mitte. Siis ma teadsin, et olen kameeleon."

„Kuidas see tunne on? Ma mõtlen, kui sa lähed kamuflaažirežiimi?"

„See ei tundu kuidagi teistmoodi. See lihtsalt juhtub."

„Lahe. Noh, kas sa tahad teada ülejäänud meeskonnast ja sellest, milliseid oskusi nad kaasa toovad?"

Lachie noogutas.

„Sulle meeldib Lia. Ta on nägev. Tema silmad on käes ja ta näeb nüüdsesse, mõnede inimeste mõtetesse, ja ta näeb mõnikord ka tulevikku, seda, mis saab juhtuma. See osa tema võimest näib suurenevat. Muidugi on ka vanuse asi. Kui me esimest korda kohtusime, oli ta seitsmeaastane ja nüüd on ta kaksteist."

„See on tõesti lahe," ütles Lachie. „Ja ma kuulsin, et tema ema ja sinu onu Sam on..."

„Ei pahanda, kui me läheme. Ainuüksi Sami nime kuulmine paneb mu ärevuse taas kasvama."

„Ei mingit muret," ütles Lachie. Ta vilistas ja Baby saabus ning nad lendasid lähimasse linna, kus Lachie võttis mõned asjad, E-Z ühendas oma telefoni laadijasse ja kui see oli piisavalt laetud, helistas ta kohe Sami numbrile.

Vastust ei tulnud, selle asemel läks kõne otse Sami kõneposti. Ta proovis Samantha telefoni ja too vastas kohe. „Tere, siin E-Z, kas onu Sam on saadaval?"

„Muidugi, E-Z, hetke veel." Natuke sosinat. „Tere, poiss," ütles Sam. „Kus sa praegu oled, lendad juba üle ookeani?"

„Äh, lihtsalt kontrollin, et sinuga on kõik korras," ütles E-Z. „Kui jah, siis ütle palun koodsõna."

„Sponge Bob Square Pants," ütles onu Sam.

„Oh, jumal tänatud," ütles E-Z. „Ma nägin imelikku unenägu, et The Furies on sind."

„Ah, meil on mõned sõbrad külas ja me oleme just valmis istuma ja kastma mõned asjad fondüüri. Meil on šokolaad puuviljade, juustu ja köögiviljadega ning juustu leiva ja lihaga. See on päris suur valik ja meil on mitut sorti veini. Kaksikud on ööseks juba maas."

„Äh, see kõlab..."

„Peab minema E-Z, varsti kohtume. Hoidke end hästi."

„Mu onu on korras ja neil on fondüü - kõlab nagu väike pidu."

„Mis on fondüü?" Lachie küsis.

„See on pott, kus sulatad asju ja siis kastad sinna teisi asju. Näiteks kastad maasikaid šokolaadi sisse ja leivatükke juustu sisse. Ja sul on õigus, nad on nüüd abielus ja neil sündisid hiljuti kaksikud, nii et maja on päris täis ja lärmakas."

„Ooh, see kõlab maitsvalt," ütles Lachie.

Kui E-Z telefon oli täis laetud, Lachie varustus turvaliselt Baby selga pandud, lendas paar Austraaliast välja. Nad vestlesid lennates. Pärast tunde, mil nad ei näinud midagi huvitavat ja kõhud korisesid, valmistusid nad maandumiseks, et teha söögi- ja tualettpausid.

„Peame niikuinii varsti maanduma, et lõunat saada - pealegi olen ma juba näljas! Ja muide, õnnitlused!"

„Aitäh! Võime Hawaiil peatuda juustuburgerite ja friikartulite pärast," pakkus E-Z.

„Ma ei teadnudki, et Hawaii elanikud on spetsialiseerunud burgeritele ja friikartulitele."

„Nad on osa USAst, nii et juustuburgerid ja friikartulid - rääkimata paksudest shäkkidest - on suurepärased traditsioonilised toidud, mida sa võid proovida ja ma garanteerin sulle, et need meeldivad sulle."

„Ma ei söö liha. Ka lehmad on inimesed."

„Neil on midagi taimset, see on ikkagi juustuburger ja see meeldib sulle. Oh, sul pole ju midagi lehmapiima joomise vastu?"

„Ei, ei ole."

„Okei, tool ja Baby - lähme lähimasse juustuburgeri söögikohta, kus pakutakse ka vegeburgerit," pakkus E-Z, kui tema korisev kõht endast märku andis.

„Edasi!" Lachlan hüüdis, kui Baby otsis sobivat maandumiskohta.

PEATÜKK 5
BRANDY

Lia ja tema ükssarviku reisikaaslane Little Dorrit lendasid läbi pilvede.

Lia hindas oma lendava kaaslase graatsilisi, kuid kiireid liigutusi. Koos leiutasid nad mängu nimega „Hüppa pilvedesse". Sõltuvalt pilve tüübist hüppavad nad kas üle, alla või läbi pilve. Kõige lõbusam oli sellest läbi minna.

„Mulle meeldib, kui me oleme pilve sees," ütles Lia. „Ma sirutan käe välja, et seda puudutada, aga seal ei ole midagi."

„Paistab, et all olev kaubanduskeskus on see, kuhu me läheme," ütles Väike Dorrit enne, kui ta sooritas kolmikhüppe, minnes üle, siis alla ja siis läbi sama pilve.

„Weeeeeee!" Lia hüüatas.

„Aitäh, aitäh," ütles ükssarvik, kui ta allapoole näitas.

„Shopping, mis?" Lia ütles, kui ta seda uuris. See oli suur kaubanduskeskus, peaaegu kvartali pikkune. „Ma loodan, et mul ei ole palju raha vaja, aga ema andis mulle oma krediitkaardi, juhuks, kui ma seda vajan."

„Brandy seisab toidupoe vahekäigus ja täidab käru, et aega veeta. Parem oleks kiirustada, muidu otsib ema teda varsti üles," ütles ükssarvik.

„See on tõesti lahe, sa oskad tema asukoha niimoodi nullida. Ma ei jõua ära oodata, et temaga kohtuda ja tema võimete kohta rohkem teada saada," ütles Lia, kerides käed ümber Väikese Dorriti kaela, et valmistuda maandumiseks. „Ma olen alati tahtnud saada suurt õde, nii et see võib olla minu ainus võimalus."

„Pille, kui sa mind vajad," ütles Little Dorrit, kui Lia maha astus, "ja ma kohtun sinuga siinsamas."

Lia sisenes kaubanduskeskusesse läbi õõtsuvate uste. Kohe nägi ta tüdrukut, kellest ta lootis, et see oli Brandy, kes lükkas toidupoes käru. Rosalie kirjelduse põhjal pidi see olema tema.

Tüdruk oli rõivastatud juhuslikult, halli kapuutsiga. See oli osaliselt kinni tõmmatud, kuid piisavalt avatud, et paljastuks I Love Musici punane t-särk, mis oli selle all. Tema mustadel teksapükstel olid taskutel noodikleebised. Tema lõuendist jooksujalatsid olid t-särgiga kooskõlas.

Lia jälgis tüdrukut mõne hetke, enne kui ta tema poole kõndis. Ta tundis end veidi hirmutatuna. Nagu kohtuks ta kuulsusega. Tema meelest õhkus Brandy stiilsust ja lahedust.

Kui Lia lähemale jõudis, kujutas ta ette, et neist saavad peagi parimad sõbrannad. Nad käivad koos kaubanduskeskuses. Ostaksid koos riideid. Võib-olla aitaks Brandy tal isegi uusi üleni ameerikalikke riideid valida.

„Mida sa jõllitad, lapsuke?" Brandy küsis toonil, mis ei olnud kuigi sõbralik ega õdede moodi. Siis lükkas ta Lia käed täie hooga eemale.

„See on väga ebaviisakas," hüüatas Lia. „Kas keegi ei ole sulle mingeid kombeid õpetanud?" Ta pööras lahedale tüdrukule selja. Ta hoidis hinge kinni, luges kümneni ja pöördus siis uuesti tema poole. „Rosalie häbeneks sind."

„Sa tunned Rosalie't?"

„Jah, ma olen Lia ja ma ei näe sind ilma oma silmadeta, mis on mu käes." Lia tõstis taas käed üles.

„Vau!" Brandy hüüatas. „Ma arvasin, et ma olen imelik, aga laps, ma mõtlen, äh, Lia, sa võtad vitsu." Ta pistis käed taskusse. „Aga iga Rosalie sõber on ka minu sõber."

„Äh, aitäh," ütles Lia. „Kas me saame kuskile minna, et rääkida?"

„Ei oska öelda, mis meil sinuga ühist oleks - peale Rosalie," ütles teismeline, kui lükkas käru edasi, jättes Lia maha.

Lia võitles nohu tagasi, kuid suutis välja tuua sõnad: „Me vajame sinu abi, sest Rosalie on surnud."

Brandy peatus ja hingas sügavalt sisse, kui pisar tema põsele tilkus, mida ta pööras ja pühkis ära. „Tule mulle järele, lapsuke." Ta jättis käru koos kõigi selles olevate esemetega maha ja nad suundusid kaubanduskeskuse sees asuvasse kioskisse ning istusid maha.

„Ma võtan klaasi vett," ütles Lia. „Ilma jääta, palun."

„Tule, laps, ela ohtlikult. Ta võtab Root Beer Float'i - ja tee sellest kaks." Pärast seda, kui ettekandja oli lahkunud: „See meeldib sulle, ära muretse. Nüüd räägi mulle rohkem sellest, miks sa siin oled, ja räägi mulle, mis juhtus selle armsa daami Rosalie'ga."

„Kõigepealt, mida Rosalie rääkis sulle minust, meist?"

„Mitte midagi. Ma teadsin, kes ta on, ja ma teadsin, et ta jälgib mind. Alguses arvasin, et ta on ingel, sest ta oskas minuga mu peas rääkida, nagu siis, kui ma väikese lapsena palvetasin. Siis mõistsin, et ta oli tõeline inimene, nagu mina, ja nüüd on ta surnud. Ma tahaksin aidata kätte saada need inimesed, kes teda tapsid - kui te sellepärast siin olete, siis olen ma sees. Naljakas, ma arvan, et ta on nüüd ingel, kes valvab ikka veel minu üle."

„Mina ka," ütles Lia. „Täpselt."

„Kuidas see siis juhtus?" Brandy küsis. „Kui see ei ole ebatsensuurne teema, mille kohta küsida. Ma leian alati, et kõige parem on rääkida sellest veidrusest, mis teeb meid selleks, kes me oleme. Kui on oma veidrused, uskuge mind. Kõigil on.

„Mu ema ütleks mulle, et ma küsin nii isiklikku küsimust. Aga mulle meeldib, kui ma saan asjale pihta. Kas sul on alati olnud silmad käes? Ma arvan, et sind ajavad taga ajakirjanikud ja fotograafid, inimesed tahavad sinuga rääkida, kuulata ja jutustada sinu lugu, et müüa ajakirju ja ajalehti."

„Oh,“ ütles Lia, “enamik inimesi on rohkem huvitatud kuulsatest väljamõeldud tegelastest, nagu Harry Potter, kui reaalsetest inimestest. Kui Harry Potter oleks tõeline, siis inimesed väldiksid teda või kiusaksid teda. Tema maailmas oli ta aga kangelane, nii et tema arm sai tema loo osaks. See muutis ta meie jaoks inimlikumaks, nii et me võisime end temaga samastada. Kuid ükski laps ei taha silma paista, sest selles maailmas ei hinnata alati erinevusi.

„See on naljakas, kuidas me võime suhestuda ja tunda empaatiat väljamõeldud tegelastega, kuid ei tunne ära tõelisi kangelasi oma igapäevaelus.“

„Oh vend,“ sõnas Brandy, “sa oled ju pisut tülpinud, eks ole? See on nagu kahekümneaastase lapsega rääkimine.“

„Vabandust,“ ütles Lia. „Ma muutusin lühikese ajaga seitsmest kümnest kaheteistkümneks. Mul ei olnud aega kohaneda.“

„See on okei,“ ütles Brandy. „Ja ma oleksin sinuga selles põhimõtteliselt nõus, lapsuke, aga kuna Reality Tv jõudis eetrisse, huvitab meid tavaliste inimeste elu. See tähendab, tavaliste, kuid rikaste inimeste nagu Kardashianid. Mina seda ei vaata, aga miljonid inimesed vaatavad.“

Nende joogid jõudsid kohale. Brandy sõi kõigepealt kirssi oma peal, siis küsis Lia, kas ta tahab oma. Kui Lia ütles, et ei, tõstis Brandy selle maha ja paiskas otse oma suhu. „Võta lonksu. Kui sa seda proovid, meeldib see sulle kindlasti."

Lia võttis suure lonksu läbi kõrre ja tema nägu säras. „See on tõesti hea!" Siis segas ta kõrrega jäätist, kui mõtles, mida edasi öelda.

„Minu jaoks sündisin silmadega, mis toimisid hästi. Aga üks õnnetus pimestas mind ja kui ma ärkasin üles, olid mul need silmad ja mul oli ka see, mida nad nimetavad nägemiseks. Ma näen, mida inimesed mõtlevad, nii hakkasime Rosaliega esimest korda rääkima. Aeg ei ole minu jaoks nii nagu kõigi teiste jaoks, aga ma ei ole juba mõnda aega ühtegi aastat vahele jätnud. Samuti näen ma aja möödudes mõnikord, mis minuga ja teistega juhtub, teate küll, tulevikus."

„Kas sa teadsid, et Rosalie sureb enne, kui see juhtus?"

„Ei, ma ei teadnud. See tuleb ja läheb. Mõnikord ei toimi see üldse. See ei ole sajaprotsendiliselt usaldusväärne. Muide, ma ei oska su mõtteid lugeda; kui sa peaksid imestama."

„Hea. Teadmine, et sa oskad mu mõtteid lugeda, oleks väga õudne," ütles Brandy, võttes suure lonksu, mis tabas konteineri põhja ja tegi ,see on kõik rahvas' heli. „Ma tahaks veel ühe, aga ma ei võta," ütles ta. „Parim on mõõdukus, sest kui me hellitame end kogu aeg asjadega - asjadega, mida me arvame, et me tegelikult tahame, siis me ei hinda neid nii väga."

„Väga tark," ütles Lia. „Sa võid võtta ülejäänud minu oma, kui tahad."

„Oleks kahju lasta seda raisku minna."

Kaks tüdrukut vaikisid mõnda aega, kuni Brandy telefon vibreeris. „Mu ema tuleb varsti siia, et meiega ühineda."

„Kuidas ta teadis, kus me oleme?"

„Okei, tal on oma viisid, s.t. jälgimisseade minu telefonis."

„Ja sa ei pane pahaks?"

Ei. Ma kadusin paar korda, aga jõudsin alati tagasi kaubanduskeskusesse. Enamasti, kui ma lähen, ei ole tal aimugi. Kuni ma helistan ja palun teda, et ta tuleks mulle siia järele. See on tavaliselt tema esimene vihje, minu tekstisõnum või kõne. App. päästab teda küll minu pärast muretsemisest. Ma arvan, et ei ole lihtne, kui on tütar, kes võib surra ja uuesti ellu tulla."

Brandy ema jõudis kohale ja tutvustati end. Nad tutvustasid talle Rosalie ja Lia lugusid ning andsid talle ülevaate sellest, mida nad olid seni arutanud.

„Mida te kaks tüdrukut plaanisite?" küsis ta. „Te näete välja, nagu oleksite midagi halba plaaninud."

„Lihtsalt liigne suhkur," ütles Brandy irvitades. „Lia tahtis just öelda, milleks nad mind vajavad."

„Niisiis, sa seletasid oma, korduvat olukorda?"

„Lühidalt. Ma ei jõudnud veel selle juurde, ema, ta rääkis mulle alles äsja õnnetusest ja sellest, miks ta silmad käes on."

Teenindaja tuli ja Brandy ema tellis kohvi. Ta tuli kohe tagasi kruusiga, mille ta täitis. „Täiendused on tasuta," ütles ettekandja. „Lihtsalt hoidke oma kruus üles, kui see on tühi, ja ma tulen kohe, et seda uuesti täita."

„Aitäh," ütles Brandy ema.

„Ma tahaksin seda hea meelega kuulda," ütles Lia, harjates oma juukseid kõrva taha. Talle meeldis, kuidas Brandy ja tema ema omavahel tegelesid. Nad olid kohutavalt lähedased; seda võis näha sellest, kuidas nad teineteist pidevalt puudutasid. Nende lähedus pani teda meenutama kõiki neid aegu, mil ema töötas öösiti ja nädalavahetustel ning ta pidi kõiges toetuma lapsehoidjale Hannah'le. Nüüd, kui nad olid siin ja tema ema oli Samiga abielus, oli see teisiti, kuid uued lapsed näisid kindlasti emale palju aega kulutavat.

Brandy pomises: „Kui ma esimest korda surin, olin ma väike. See oli just selles kaubanduskeskuses. Ühel hetkel olin surnud, järgmisel olin jälle elus. Nagu ma juba ütlesin, ma satun alati siia. Nii väga armastan ma seda kaubanduskeskust.“

„See on naljakas,“ ütles Lia.

„Ma armastan tõesti ostlemist!“

„Seda sa tõesti!“ Brandy ema ütles, kui tütar kutsus teenindaja tagasi ja palus klaasi jäävett.

„Tee sellest kaks klaasi vett,“ ütles Lia.

Kuna ta oli juba kohal, täitis ettekandja Brandy ema kohvitassi uuesti.

Lia tundis, et nüüd või mitte kunagi - ta peaks asja juurde jõudma. Oli juba hilja ja Little Dorrit ootas.

„E-Z, kes on meie juht, on ratastoolis ja ta suudab inimesi päästa, isegi lennukeid täis reisijaid. Tal on supervõime ja -kiirus ning nii tal kui ka tema ratastoolil on tiivad.

„Alfred on trompetijuhan ja tal on ESP, lisaks suudab ta inimesi ja olendeid uuesti ellu äratada. Koos sinuga on veel kaks last, keda me lisame gruppi, pluss E-Zi nõbu Charles - seega on meid kokku seitse."

„Ah, õnnelik seitse," ütles Brandy ema.

Lia jätkas: „Kui sa oled kõike kuulnud, siis kui sa nõustud meid aitama võidelda Raevude vastu, on su elu ohus. Nad on kolm kurja õde - jumalannat -, kes tapsid Rosalie."

„Kurjad, mis? Rosalie tapmine oli argpükslik tegu! Ta ei teeks kunagi kärbsele haiget!" Brandy ütles.

„Kas see teave on avalik?" Brandy ema uuris. „See kõik kõlab nii, väljamõeldis."

„Miks nad seda tegid?" Brandy küsis. „Mida nad saavad sellise armsa vana naise nagu Rosalie tapmise eest?"

„Nad kasutavad lapsi. Tapavad lapsi," ütles Lia.

Nii Brandy kui ka tema ema lõpetasid joomise.

„Seda on raske seletada, aga ma annan endast parima. Kui me sureme, on meie hinged määratud meie ootavate hingepüüdjate juurde - meie igavene puhkepaik. Igaühel meist on oma unikaalne Hingepüüdja - nii et me ei saa kunagi surra. Meie hinged elavad edasi. See ei ole taevas, mida me ette kujutasime, kuid see on reaalne, ja fuuriad tapavad süütuid lapsi - ja panevad nad Hingepüüdjatesse, mis kuuluvad teistele inimestele.

„Tegelikult, kui Rosalie suri, ei olnud tal oma hingel kuhugi minna. Õnneks suutsid meie sõbrad Hadz ja Reiki - nad on wannabe-inglid - Rosalie hinge kinni püüda. Nad hoiavad seda turvaliselt, kuni me likvideerime Fuuriad ja paneme kõik hingepüüdjad uuesti korda. Kui me nad likvideerime, võtavad peainglid üle ja parandavad nende tekitatud segaduse. Kõik läheb jälle normaalseks.“

„Ma arvasin, et peainglid on pahalased,“ ütles Brandy. „Kuidas me teame, et võime neid usaldada? Ja miks me tahame neid aidata?“

„See on väga suur palve teile, lapsed,“ ütles Brandy ema.

„See on väga pikk lugu. Üks, mida me saame teile aja jooksul jutustada. Aga praegu peame me tagasi peakorterisse minema. See on meie maja. Kui oleme kõik ühe katuse all, saame kõike selgitada ja plaani välja mõelda.“

„Ma olen sees,“ ütles Brandy. „Sa said mind juba siis, kui ütlesid, et nad tapsid Rosalie, aga nüüd, kui ma tean, et nad on tapnud ka süütuid lapsi, siis lase mind nende juures." Ta tõstis oma veeklaasi ja tõstis koos Lia'ga rüübata.

„Oot," ütles Brandy ema, „kui peainglid ei suuda seda asja võita, siis kuidas nad saavad oodata, et teie lapsed..."

„Ema," patsutas Brandy tema kätt. „Ma ei ole nagu teised lapsed. See kõlab nii, nagu oleksime hunnik hälbikuid, kellel on erilised võimed, ja ma sobin sinna kohe sisse. Pole üllatav, et peainglid paluvad meid appi.

„Rosalie tõi meid kõiki kokku, et me saaksime moodustada meeskonna. Kui ta oleks siin, oleks ta meiega koos meeskonnas. Nüüd on ta meiega vaimus. Koos oleme jõud, millega arvestada.

„Pealegi peame tagama, et Rosalie saaks oma igavese puhkepaiga tagasi. Kõik juhtub põhjusega, kas sa ei ole alati see, kes mulle seda ütleb?"

„Mis siis edasi saab?" küsis ema.

„Me peame olema koos ja E-Zi maja on piisavalt suur meie kõigi jaoks. Teised ja Charles Dickens - pikk lugu - kohtuvad meiega seal."

„Mitte see Charles Dickens?"

„See üks ja ainus, aga ta on alles kümme aastat vana. Ta saabus ja ta avastati kahe detektoristi poolt

Londonis, Inglismaal. Ta saadeti tagasi Maale mingil põhjusel. Lisaks sellele, et ta ja E-Z on nõod. Ta on üks meist. Koos kavatseme neid õdesid võita ja maailma uuesti korda teha.“

„Lähme!“ Brandy ütles. „Emal on mu seljakott autos ja selles on kõik vajalik. Mul on igaks juhuks alati kott kaasas. See on päris mitu korda kasuks tulnud. Ma eeldan, et majas on pesumasin ja kuivati? Oh, ja föön?“

„Jah, jah ja jah,“ ütles Lia ja vilistas siis.

Brandy ja tema ema kattis kõrvad. „Milleks see oli?“

„Tulge välja ja ma tutvustan teid oma sõbrale Little Dorritile - ta on ükssarvik - ja te saate samal ajal oma koti kaasa võtta.“ Nad kõndisid uksest välja ja tüdruk näitas taevasse, kus ükssarvik maanduma tuli.

„Oot,“ ütles Brandy, ‚me sõidame ükssarviku seljas üle riigi?‘ ‚Oot,‘ ütles Brandy, “me sõidame ükssarviku seljas üle riigi?“

Brandy ema kortsutas kulmu. Ta tundis end nõrgalt ja tema jalad läksid üleküpsetatud spagetite moodi.

„Tule ja silitage teda,“ ütles Lia. „Väike Dorrit, see on Brandy ja tema ema.“

„Tema karvkate on armas ja pehme,“ ütles Brandy ema.

„Kas sa soovid autosse sõita?“ Väike Dorrit küsis.

„Ei, aitäh," ütles Brandy ema. Siis tütrele: „Ma ei tea, kuidas ma seda su isale seletan. Võib-olla peaksite kõik minuga koju tulema ja koos seletame seda ja otsustame, kas te võite minna..."

„Ma pean minema," ütles Brandy. „See on minu saatus." Ta kallistas ema.

„Kas aitaks, kui sa räägiksid mu emaga?" Lia küsis ja vastust ootamata kiirvalitses talle, selgitas olukorda ja andis telefoni Brandy emale üle, kes vestles Samantha'ga ja andis siis telefoni tagasi.

Järgmisena lendasid nad kolmekesi mööda parklat ringi, otsides autot, mille all inimesed sarvesid, tegid telefoniga pilte ja põrkasid üksteisele autode ja kärudega otsa.

„Seal see on," ütles Brandy ema.

Väike Dorrit maandus ja libises maha. „Oota siin ja ma võtan tütre koti."

Ta tuli tagasi, viskas selle Brandy ette. „Aitäh, et sa sõitsid," ütles ta Little Dorritile. Brandyle ütles ta: „Brandy helista koju. Igapäevaselt. Nagu E.T." Ta puhus talle suudluse. Siis Liale: „Oli tore sinuga kohtuda."

„Samuti," ütles Lia, kui Little Dorrit maast üles tõusis. „Ärge muretsege, me hoiame teie tütre turvaliselt."

Brandy ema vaatas, kuidas nad minema lendasid, kuni ta neid enam ei näinud. Selleks ajaks olid kõik nuhkivad parkijad leidnud midagi muud, mida vaadata, nii et ta istus autosse ja hakkas kodu poole sõitma.

Ta võttis pika tee koju. Ta pidi mõtlema, kuidas ta seda kõike Brandy isale selgitada.

PEATÜKK 6

HARUTO

Alfred ootas kohviku ees, kuni omanik, kes ootas uut klienti. Haruto vanaema jättis mainimata, et klient oli trompeterseid. Kui omanik Alfredi nägi, viis ta ta kaugele tagumisse lauda.

Alfred ei pannud pahaks, et ta oli eemal. Tegelikult eelistas ta seda, sest seal oli silt, mis näitas, et lemmikloomad on keelatud - mitte et Jaapanis või mujal maailmas, mida ta teadis, peeti luiki lemmikloomadeks.

Vaikselt istudes ja Haruto isa saabumist oodates kasutas ta kohviku tasuta WI-FI-d ja avastas Jaapani kohvikukultuuri kohta mõned väga lahedad asjad. Näiteks Yokohamas olid kohvikud kassisõpradele ja üks siilide tähistamiseks.

Viisteist minutit hiljem astus kohvikusse mees. Alfred teadis kohe, et see on Haruto isa, sest tehtud edasis kiiresti tema laua poole.

„Naze watashitachiha daidokoro no chikaku ni iru nodesu ka?" küsis ta kohviku omanikult (mis tõlkes tähendab: ‚Miks me oleme köögi lähedal?').

„Kare wa hakuchõdakara!" ütles omanik, enne kui eemaldus lauast (mis tõlkes tähendab: Sest ta on luik!).

Kui ta mõne minuti pärast tagasi tuli, kaasas kandik, mis oli täis mulliteed, ütles omanik: „Mõshiwakearimasen" (mis tõlkes tähendab: vabandust.)

„Īnda yo," ütles Haruto isa naeratades (mis tõlkes tähendab: pole midagi.)

Alfredile serveeriti teed kausis, mis oli piisavalt suur, et ta saaks oma noka sinna pista. Tema tee oli jääga - hea, sest ta ei tahtnud keelt kõrvetada ega kaua oodata, kuni see jahtub.

„Domo arigato gozaimasu," ütles Alfred (mis tõlkes tähendab: suur tänu.)

„lie," vastas Haruto isa (mis tõlkes tähendab: ära maini seda.)

Nad istusid vaikselt, silmitsedes teineteist, ja jõid samal ajal mõnda aega oma teed.

„Miks sa siin oled?" küsis Haruto isa järsku. „Mu naine kardab, et te tahate meie poja meilt ära võtta ja te ei saa teda saada. Jah, me leidsime ta üles, aga me oleme ainsad vanemad, keda ta kunagi tundnud on."

„Vau!" Alfred hüüatas. „Midagi ei juhtu, kui te seda ei taha. Muide, teie poja inglise keel on suurepärane," ütles Alfred. „Nagu ka teie enda oma."

„Lemmiklikkusest ei ole siin kasu. Nagu ma juba ütlesin, te ei saa minu poega."

„Kui Haruto saaks meid aidata, et päästa maailm? Kas sa ütleksid ikkagi ei?"

„Haruto on alles poiss. Sina oled luik. Mida saavad poisid ja luiged teha, mida mehed ei saa teha? Sa ei saa teda saada." Ta ristas käed.

„Mis siis, kui me ei saa maailma päästa, ilma tema abita? Mis siis, kui ta tahab meid aidata?"

„Haruto ei tea elust midagi. Ta ei saa teid aidata. Leia keegi teine poeg, keegi vanem. Keegi, kes on sündinud maailma päästmiseks. Mitte poiss. Mitte minu poiss, Haruto. Ei täna, homme ega kunagi."

„Mis siis, kui me laseme tal otsustada?" Alfred ütles. „Pärast seda, kui ma talle kõike selgitan."

„Räägi mulle nüüd kõik ära. Ja mina otsustan, mida ta peaks teadma. Aga kõigepealt lubage mul küsida - mis paneb teid arvama, et minu poja taoline väike poiss võib teid aidata?"

„Me arvame, et tal on, nagu meilgi, andeid, unikaalseid andeid. Ta ei ole nagu teised lapsed, eks ole? Kui Rosalie teda mainis, oli ta veel laps. Kas ta on vananenud kiiremini kui teised lapsed?"

Haruto isa raputas pead. „Kui me ta viis aastat tagasi leidsime, oli ta veel laps. Ta on kasvanud, nagu iga laps kasvab."

„Oh, vabandust. Rosalie ei jõudnud oma märkmeid uuendada ega täiendada. Kas te ikka ei taha, et teie poeg oleks koos teiste lastega, kes on sama andekad nagu tema? Ta oleks üks meie hulgast, meie poolt aktsepteeritud. Ja me austaksime tema andeid ja kaitseksime teda."

„Tahate öelda, et ma ei saa oma poega kaitsta?"

„Ei, härra. Ma ei ütle üldse seda. Ma ütlen, et ütlen teile, et me vajame teda ja võib-olla, ainult võib-olla, vajab ta meid. Üksinda seisev poiss ei saa kunagi olla nii tugev kui poiss, kes on meeskonna liige."

„Võib-olla on ta üksildane. Võib-olla, aga ta on noor ja ta kasvab sellest välja." Haruto isa jäi vait, enne kui küsis: „Mis on sinu anne ja kes on vaenlane?"

„Mul on tervendamisvõime, inimeste ja loomade puhul - enamasti viimaste puhul. Ma suudan lugeda mõtteid. Lia suudab näha tulevikku. E-Z päästab elusid. suudan ravida haigeid ja lugeda mõtteid. Meil on isegi superkangelaste veebileht, mida võin sulle näidata, kui soovid kõike ise tõestuseks näha."

„Ma juba nägin teie veebilehte," ütles Haruto isa. „Teid tuntakse kui *Kolme*. Kas te kolmekesi ei ole piisavalt võimsad, et võtta vastu mis tahes vaenlased, kellega te kokku puutute? Kuidas saab selline väike poiss nagu Haruto teid aidata? Ta ei suuda vaevalt hambaid pesta."

„Ma saan sellest aru. Mul oli ka poeg, kui olin inimene."

„Sa olid kunagi inimene? Mis su pojaga juhtus?"

„Nad surid ja minust tehti luik. See on pikk ja keeruline lugu. Peaasi, et kuni viimase ajani ei teadnud me, et on veel teisi lapsi. See oli Rosalie. Ta oli hämmastav naine, kellel oli võime suhelda lastega vaimusilmas. Ta rääkis Lia, Haruto, Brandy ja Lachiega. Ta tõi kõik kokku ja maksis selle eest kõrget hinda. Fuuriad tapsid ta, kui ta ei tahtnud neile laste kohta mingit teavet avaldada. Ilma Rosalie'teta ei teaks me teiste olemasolust ja me ei oleks siin, et tahaksime kaitsta teie poega või paluksime tema abi nende kurjade õdede võitmisel.

„Mind saadeti Harutoga rääkima ja selgitama, millega me silmitsi seisame. Loomulikult võib ta keelduda, sa võid tema eest keelduda - aga ilma temata ei pruugi me olla võimelised võitma neid kurje jumalannasid, keda tuntakse fuuriatena.“

Omanik pakkus veel teed. Alfred keeldus, aga Haruto isa käed värisesid kergelt, kui ta tõstis äsja uuesti täidetud teed ja jõi seda.

„Kas Haruto on noorim laps?“

Alfred noogutas.

„Räägi mulle ülejäänud kahest uustulnukast.“

„Brandy sureb ja sünnib uuesti. Lachie oskab rääkida ja kõik olendid saavad temast aru.“

„See Brandy sünnib iga kord iseendana uuesti?“ Haruto isa küsis.

„Minu arusaamist mööda on see nii.“

„Kui vana ta on?“

„Seda ma ei tea kindlalt, aga ma usun, et ta on teismeline. Miks see oluline on?“ Alfred küsis.

„Sest see, et ta on korduvalt uuesti sündinud, jäädes samal ajal inimese olekusse, tähendab, et Brandy on kinni õppimise etapis. Seetõttu saab ta hästi hakkama teiste inimestega, kes on temast arenenumad. Ta õpib neilt ja võib-olla aitab see tal jõuda järgmisesse staadiumisse."

Alfred sai mõnevõrra aru, kuid ei öelnud midagi.

„Minu poeg ei edendaks Brandy elu, seepärast ei luba ma tal selles võitluses osaleda. Vabandan, et raiskan teie aega."

„Noh, ma olen kogu selle tee läbinud - nii, et mis see mulle kahju teeb, kui ma temaga räägin, teie, teie naise ja ema juuresolekul. Andke talle võimalus valida. Las ta otsustab. Kui see ei sobi talle, kui sa arvad, et ta on liiga noor või ettevalmistamata - me mõistame -, aga palun, räägi temaga vähemalt sellest. Vaadake, kui palju ta suudab mõista. Las ta on see, kes ütleb ei - siis ma lähen tagasi lennukile ja te ei näe mind enam kunagi."

„Sa oled luik ja lendad lennukiga?" Ta naeris valjusti. Teised kohviku külastajad ühinesid, kuigi neil polnud aimugi, miks ta naeris. Nad naersid, sest Haruto isa naer oli nakkav.

„Räägi mulle, mida su meeskond kavatseb teha ja miks. Siis ma otsustan. Kui sa suudad mind veenda, siis ehk lasen sul proovida Harutot veenda.“

„Kui me sureme, lahkuvad meie hinged meie kehast ja lähevad igavesse puhkama sellesse, mida nimetatakse hingepüüdjaks. Ma tean, et see erineb sellest, mida me usume, aga see on tõsi. Fuuriad on tapnud lapsi - lapsi, kes mängivad arvutimänge - ja pannud siis nende hinged teiste hingede jaoks mõeldud Hingepüüdjatesse. Kui teised surevad, ei ole nende Hingedel kuhugi minna.“

Haruto isa vaikis mõne hetke.

„Kui ta tahab, mu poeg, aitab Haruto. Ta ütleb sulle, mis on tema talent. Ta ütleb sulle, mida ta tahab, et sa teaksid, ja ta otsustab.“

„Aitäh,“ ütles Alfred.

Nad tõusid, lahkusid kohvikust ja suundusid Haruto kodu poole. Kui nad kohale jõudsid, serveeriti kohe õhtusöök ja kõigile tehti missiooniga seoses selgitustööd.

„Mis juhtub teiste hingedega? Kui neil pole kuhugi minna?“ Haruto küsis, pannes söögipulgad maha ja võttes lonksu vett.

„Seda me ei tea kindlalt," vastas Alfred. Ta heitis pilgu Haruto isale, kes noogutas. „Aga Rosalie. Kas sa mäletad Rosalie't?"

„Jah, ma tundsin teda ja tean, et ta suri," ütles Haruto. Ta istus väga sirgelt: „Kas sa mõtled, et tema hingel pole kodu? Kuidas ma saan aidata tal koju jõuda?"

„Mul on hea meel, et sa tahad aidata, Haruto," ütles Alfred. „Rosalie hinge hoiavad turvaliselt kaks wannabe-inglit, kes on meid ja E-Z-d aidanud, minevikus. Nii et praegu on tal kõik korras.

„Enne, kui ma rohkem selgitan, huvitab mind sinu erivõime, mida sa valdad?"

Haruto seisatas, vaatas isa poole, kes noogutas ja ütles siis. „Ma liigun väga kiiresti." Ja ta hakkas keerlema, üha kiiremini ja kiiremini ja kiiremini, kuni ta kadus.

„Vau!" Alfred ütles. „Sa oled nagu Tasmaani kuradi kaduv versioon!"

„Me ei väsi kunagi ära, kui me teda tegevuses näeme," ütles ema. Kuni selle kommentaarini oli ta silmatorkavalt vait olnud. „Tule nüüd tagasi, laps," ütles ta. „Tule tagasi."

Ta saabus samamoodi, nagu ta oli kadunud, ainult et seekord ei näinud nad teda keerutamas, enne kui ta uuesti ilmus. „Mul on jälle nälg!" Haruto hüüdis. Ja ta istus maha, täitis oma taldriku uuesti ja sõi ahnelt.

„Kas sa oled alati näljane?" Alfred küsis.

„Alati," ütles Sobo, pakkudes oma lapselapsele veel toitu. Too noogutas, liiga hõivatud söömisega, et vastata.

Kui Haruto oli end täis söönud, seletas Alfred, kuidas E-Z's toimib meeskonna peakorterina ehk baasina. Ta viivitas, otsides õigeid sõnu, et rääkida neile, millises ohus nad kõik oleksid.

„Lubage mul öelda, enne kui te nõustute - et fuuriad on kurjad, kohutavad olendid, kes karistavad lapsi, kuigi nad pole midagi valesti teinud. Nad on võtnud laste elu, halbade mõtete, mitte halbade tegude eest, ja röövinud teistelt hingepüüdjaid. Me peame nad peatama ja asjad uuesti korda tegema. Ja nad on äärmiselt ohtlikud ja võimsad jumalannad."

Haruto isa ütles: „Ma keelan sul minna!"

„Aga isa, sa oled mulle õpetanud, et minu tegemised selles elus, kanduvad edasi järgmisesse ellu. Seepärast pean ma ütlema jah." Ta vaatas Alfredile otsa ja ütles: „Arvesta minuga!"

„Haruto, sinu emana ja isana tahame, et sa saavutaksid edu - aga me tahame, et sa oleksid meie lähedal, mitte kaugel teisel pool maailma koos võõraste inimestega."

Haruto tõusis istmelt ja heitis käed ümber vanaema kaela. Nad sosistasid jaapani keeles edasi-tagasi, nii et Alfred ei saanud aru.

„Sobo ütleb, et ta tuleb minuga kaasa, aga ta kardab, et tema aeg on lähedal. Kui ta sureb ja ei ole Jaapanis, kuidas tema hing leiab tee koju?"

„Meil on mõned peainglid ja peainglite abilised, kes meiega koos töötavad. Nad hoiavad Rosalie hinge turvaliselt ja kui su vanaemaga midagi juhtuks, olen kindel, et nad kaitseksid ka tema hinge. Kuni nende hingepüüdjad oleksid valmis."

„Ma olen sinu üle nii uhke," ütles Sobo, "ja mul on rõõm sinuga koos lennata. Mul on hea meel kohtuda ülejäänud superkangelaslastega. See Sobo saab veel lapselapsi." Ta kallistas Harutot.

Haruto ema ja isa ühinesid. See oli perekondlik kallistus. Alfredi näole tilkusid pisarad. Luige nutmine on kõige kurvem asi maa peal.

Kui nad lahku läksid, korjati nõud kokku ja pandi pesema. Kõigile pakuti teed, välja arvatud Haruto.

„Ma panen oma koti valmis," ütles ta. „Head ööd."

„Ma broneerin meie lennud ja annan sulle üksikasjad teada," ütles Alfred.

Ta suundus tagasi hotelli ja broneeris oma lennu. Siis saatis ta kõik üksikasjad Charles Dickensile. Ta lootis, et Charles saab neile Heathrow' lennujaamas vastu tulla ja nad kõik koos lendavad E-Z'i juurde.

Pärast kurnavat päeva hüppas Alfred oma Queen Size-voodisse. Ta mossitas padjad ja vaatas televiisorit, kuni lõpuks magama vajus.

PEATÜKK 7
EN ROUTE

Kuikõik lapsed olid teel E-Zi maja poole, oli õhus tunda energiat, mida kutsuti lootuseks. See energia näis levivat ühelt poolt maailma teisele poole. Nii palju, et see jõudis ka The Furiesi.

Kolm kurja jumalannat tantsisid ümber tule, mille nad olid surnute luudest katlas loonud. Üles tõusis mitmepealine leegitsev pall. Otse nende silme ees jagunes see kolmeks tulepalliks.

Jumalannad täitsid tulepalle üha suurema energiaga, kuni tundus, et vihased kerad plahvatavad. Siis saatsid nad need teele, et leida ja purustada lootus, mis elas nende vaenlaste südames.

Esimene tulekera läks välja, kõige kaugemasse sihtkohta, mis oli joondatud, et kohtuda ja hävitada E-Z, Lachie ja Baby. Tuliobjekt lagunes teel laiali, purunedes puhtalt kiirusest, kuni see oli bowlingupalli suurune. See nullistas pahaaimamatu kolmiku, kelle vastu ta edenes.

Tänu Hadzi ja Reiki uuendusele hoiatasid E-Z ratastooli andurid teda lähenevast ohust. GPS tuvastas kiiresti liikuva elutu objekti, mis suundus otse nende poole.

„Midagi tuleb otse meie poole!" E-Z hüüdis. „Maandume ja läheme selle teelt minema."

„Righto," ütles Lachie, kui kolmik kukkus.

Kuid leegitsev pall järgnes neile, nagu oleks tal olnud oma jälgimisseadmed. Ükskõik kui madalale nad ka ei laskunud, see püsis nende järel järeleandmatult.

Nad peatusid, hõljudes, rühkides - ebakindlalt, kas nüüd maanduda või proovida seda muul moel üle kavaldada. Kui nad maanduvad ja see asi järgneb, võib see teisi tappa või vigastada. Nad ei tahtnud kedagi teist ohtu seada, sest see oli nende taga.

„Mida me teeme?" Lachie küsis.

„Sina ja Beebi võtate katte, mina ja mu tool saame sellega hakkama."

„Me ei jäta teid maha!" Lachie hüüdis ja Baby noogutas.

„Okei, siis minge minu taha," ütles E-Z. Ta teadis, et tema ja tema ratastool on kuulikindlad, aga kas nad on tulekindlad? Ta kavatses selle teada saada, 5, 4, 3, 2, 1.

Beebi sirutas kaela, lasi karjuda, suu nii laialt lahti kui võimalik - ja tulekera läks otse sinna sisse. Draakoni silmad paiskusid ja tema huuled värisesid, kui ta hoidis tulise looma enda sees. Siis läks ta minema, Lachie hoidis oma kaelast elu eest kinni, lendas kaugele ja kaugele, otsides kohta, kus ta saaks end vabastada sellest asjast, mis teda seestpoolt välja põletas.

Lõpuks leidsid nad koha, kus nad selle ohutult merre heita. Beebi avas suu ja see lendas välja. Ikka veel tules, libises see asi vee peal, nagu oleks ta otsustanud elus püsida, kuid lõpuks andis ta järele ja hõõgus, kui ta ookeani vajus.

„Jah!" E-Z hüüdis. „Hästi tehtud, beebi!"

Baby ja Lachie tulid E-Z kõrvale tagasi: „Mis juhtus?"

„Baby oli hämmastav! Ta viskas tulepalli merre. Nüüd on see vaid üks järjekordne kivi."

„Aitäh Baby," ütles E-Z. „See oli natuke liiga lähedal."

„Nõus. Ja Baby väärib maiuspala. Midagi lahedat tema kurgule."

„Mida iganes Baby tahab,“ ütles E-Z. „Läheme alla ja teeme pausi, enne kui jätkame.“

Lachie kallistas Baby kaela ja nad läksid alla, et raputada oma esimest ja loodetavasti viimast kohtumist hullumeelse tulekuuliga.

„Kas sa arvad, et see oli The Furies?“ Lachie uuris.

„Ma ei usu, et nad teavad meist. Ma mõtlen, nad teavad, et me oleme olemas, aga mitte konkreetselt.“

„See asi nullistas meid. Püüdis meid tappa. Kes veel tahaks meie surma?“

„Sul on õigus, see tuli otse meie peale. Tõenäoliselt oli see lihtsalt kokkusattumus. Ma loodan.“

„Kas me ei peaks teisi hoiatama?“

E-Z vaatas oma telefoni. Tal oli null patareid. „Minu meeskond saab ise hakkama ja ma ei taha neid hirmutada. Loodame, kuna see on ühekordne.“

***

Fuuriad saatsid teise leegitseva ketta Yokohama suunas. Alfredi ja Haruto lennuk oli juba stardirajal ja valmistus startimiseks.

Tulekera lendas nende poole, kuid valis õnnetu tee - möödus 59 jalga robotist, kes sirutas käe välja, püüdis selle kinni ja purustas selle. Tuhk põles alla platvormile.

Lennujaamas startis Alfredi ja Haruto lennuk ohutult ning paar ei teadnudki, et nad olid sihtmärgiks.

***

Kolmas ja viimane leegitsev pall lendas Phoenixi, Arizona osariigi suunas. See lendas ümberringi ja otsis oma sihtmärki tundide kaupa, kuid ei suutnud seda leida.

Väike Dorrit oli erakordne ükssarvik, kelle käsutuses oli avastamisvastane kilp ja see oli alati valmis. Tema reisijate kaitsmine oli ju Little Dorriti põhiülesanne.

Pärast sihitult ringi lendamist kasvas leegitsev pall kiiruse lagunemise asemel hoopis suuremaks, kuni see oli komeedisuurune. Siis pöördus see koju tagasi oma õigete omanike - fuuriate - juurde.

Leegitsev objekt, mis ei tundnud sõpra vaenlasest, jahtis karjuvat Furiat tundide kaupa mööda Surmaorgu. Nad jooksid oma elu eest, kuni Tisi loitsu välja manas.

Esialgu jäi pall keset õhku seisma ja kolm jumalannat vaatasid rahulolevalt, kuidas see paiskus katlasse ja kattus seenemahlaga.

Alli lendas selle poole, kaane kinni pigistades.

Siis viskasid fuuriad pead tagasi ja hekseldasid seda, kui nad tantsisid, laulsid ja naersid.

Kuni pada sees kostis plaksuv heli. Nagu popkorni terad, mis kuumenevad. Heli muutus valjemaks, kui katla kaas seestpoolt mõlkus ja lõpuks tõsteti seda piisavalt, et vastsündinud tulekuulikesed pääsesid välja.

Väikesed tulepallid, kellel polnud kuhugi minna, suunasid end füüriatele, ajasid neid taga, kui nad ükshaaval välja tulid.

Laulnud, kurnatud ja ärritunud kolm jumalannat kutsusid Erieli appi, kuid sel korral ei vastanud ta.

✳✳✳

Kui ta lendas üksi edasi üle taeva, kuna Lachie ja Baby lendasid aeglasemalt, kuna Baby oli tulekuuli allaneelamisest tingitud kõrvaltoimete tõttu aeglasemalt, hindas E-Z oma meeskonda. Paar korda sai ta järjekorras tekstisõnumeid, mis kinnitasid, et nad mõtlevad ka tema peale.

Lia saatis sõnumi, mis kinnitas Brandy võimeid ja Alfred oli teinud sama seoses Haruto võimetega.

E-Z polnud neile vastuseks öelnud Lachie võimeid. Selle asemel tahtis ta asju üle vaadata, et näha, kuidas tema ja tema seitsmeliikmelise meeskonna (sealhulgas Charlesi) oskused kolme võimsa, kuid kurja jumalanna vastu hakkama saavad.

Meeles inventuuri tehes tuletas ta endale meelde oma meeskonna eeliseid:

Mina oskan lennata, minu tool samuti. Me oleme kuulikindlad ja ma olen ülitugev. Ma olen hea juht, olen tark ja mul on tugev empaatia.

Lia on innukas, empaatiline, lahke, tark ja ta oskab lugeda mõtteid ja tulevikku.

Alfred on tugeva meelega, intelligentne ja vanima liikmena vanusega tark. Ta on empaatiline, oskab mõnikord mõtteid lugeda ja suudab ravida haigeid.

Lachie suhtleb olenditega. Ta on üksildane, kuid see pole tema süü. Ta on empaatiline, intelligentne. Ta oskab kõigest hoolimata ellu jääda ja tema maskeerimisvõime tuleb talle kasuks.

Haruto on noorim, kuid ta on ellujääja. Ta suudab end nähtamatuks keerata.

Brandy on surnud - mitu korda - ja tulnud uuesti ellu tagasi. Ta on kindlasti ellujääja.

Viimane, kuid mitte vähem tähtis on Charles Dickens. Tema võimed on teadmata. Aga ta on tark, empaatiline ja ta suudab kohaneda.

Kasutades oma telefoni, kui tal oli piisavalt patareisid, otsis ta internetist ajaloolisi dokumente, et teada saada, milliseid võimeid The Furies kaasa toob:

Üleinimlik jõud.

Vastupidavus, sealhulgas kõrge valutaluvus.

Elujõud.

Ämblikulaadne osavus.

Vastupidavus vigastustele ja ülikiire paranemisvõime.

Lennuk.

Kujumuutus - teise inimese kuju.

Nähtamatus.

Võivad oma ohvritele valu tekitada.

Meg võis eritada parasiite. YUCK.

Hetk, siin öeldakse, et fuuriad esindasid ajalooliselt õiglust. See ütleb, et minevikus kahjustasid nad ainult kurjad ja süüdlased... et headel ja süütutel polnud midagi karta. Mis siis muutus? Miks nad tundsid vajadust tappa süütuid lapsi, kasutades selleks mängumängu?

Ta luges edasi, imestades, kuidas täpselt nad lapsi tapsid. Legendi kohaselt ei teinud füüriad kunagi füüsiliselt kellelegi kurjategijale haiget. Selle asemel kasutasid nad süütunnet - et neid hulluks ajada.

Ta mõtles tagasi poisile, kes oli püüdnud teda tulistada. Nad olid teda veennud, et kui ta ei tee seda, mida nad ütlevad, siis teevad nad tema perele haiget. Ta mõtles, kus see poiss nüüd on. Kas ta oli mõnes hingepüüdjas?

Ta jätkas otsinguid, et teada saada, kas Fuuriad olid võimelised halastama, kuid ei leidnud selle kohta mingeid tõendeid.

Ta lisas loetellu midagi, mida nad juba teadsid - Fuuriad olid surelikud. See oli üks asi, mis oli tal ja kurjadel jumalannadel ühine, ning ta ja tema meeskond peaksid leidma viisi, kuidas seda enda kasuks ära kasutada.

Lachie ja Baby jõudsid E-Zi järele.

„Kuidas Beebil läheb?" küsis ta.

„Tal läheb juba paremini," vastas Lachie.

Baby viskas pea tagasi, lasi karjuda ja kiirustas edasi.

„Oodake mind!" E-Z hüüdis.

PEATÜKK 8
FURIES

Kuiräpane lootuse tunne ikka veel õhku haises, ootasid The Furies. Nad olid oma kõrvetatud riided parandanud ja põlenud juukseid püganud. Õnneks jäid madu vigastamata. Et end oma eelseisva külalise saabumiseks esinduslikuks teha.

Ta oli nende heategija. See, kes oli nad maa peale tagasi toonud. Soovides, et nad rajaksid baasi Death Valley avastamatus südames.

Enne tulekuuli ebaõnnestumist olid nad näinud märke. Märke, et kõik on nüüd nende vastu. Muutus oli hea, kuid ainult siis, kui nad seda kontrollivad. Nende aeg oli käes. Nad pidid olema valmis liikuma. Asjad olid pöördumas nende kasuks. Nad pidid vaid seda ootama. Siis olla valmis rünnakuks.

„Eriel," susises Meg.

Peaingel, nende armastatud juht oli viimaks kohale jõudnud.

„Mis on viimane uudis?" Tisi küsis. „Me oleme kogu selle lootusetusega õhus vastumeelt."

„Jah, see lootuse värk teeb meid kurjaks." Tisi ja Allie laulsid, kui nad tantsisid ümber põleva tule.

Ta vaatas neid, kes tantsisid alasti nagu bansid. Raksutasid oma piitsaid, samal ajal kui maod, mis neil käte ja juuste jaoks olid, libisesid ja sülitasid suvaliselt.

Eriel laskus nende peale nagu must pilv, maandus ja voltis siis oma tiivad kokku. Tema hiiglaslik kuju pani Raevud nägema välja nagu nukud. Ta seisis, käed puusadel, ja laskus siis ühele põlvele, et nendega samale tasandile tõusta. See oli tema viis laskuda nende tasemele, jäädes samal ajal nende kohal. Ta tahtis, et nad teaksid, et nad töötavad tema heaks, mitte vastupidi. Ta oli väsinud seda õdedele kinnitada, kuid ometi oli see, nagu ta kartis, ainus viis, kuidas neid rivis hoida.

„Pole lootust - mitte nüüd, kui me koos töötame," ütles Eriel. „Ja ärge naerake. Noh, ma arvan, et sa võid naerda. Seda tegin mina, kui kuulsin esimest korda, et nad saadavad lasterühma teid tapma."

Füüriad olid hüsteerilised. Nende hääled kajasid ümber Surmaorgu ja peletasid kõik linnud ära.

„Need idioodid!" ütles Meg.

„Me sööme need lapsed ära, hommiku-, lõuna- ja õhtusöögiks," ütles Tisi huuli limpsides.

„Me ei söö lapsi," ütles Alli. „Aga sa oled naljakas, õde. Me tahame ainult nende hinge. Ja ma ei mäleta, MIKS me neid tahame. Seleta seda veel kord, kallis õde."

Meg ütles: „Me täidame Erieli käsku. Ta tahab hingepüüdjaid ja me hangime neid tema jaoks. Kui me tema nõudmised täidame, oleme taas kord Nyxi tütred - Kallid - ja me valitseme ööd ja teeme, mida iganes tahame."

„Siis, kui ma tahan ühte lastest maitsta - ma saan seda teha, eks?" Tisi küsis. „Ma olen alati mõelnud, kuidas nad maitsevad." Ta pööritas silmi ja nuusutas õhku. Madu tema peas sööstis tema poole.

Eriel irvitas. „Need ei ole tavalised lapsed, nagu need, keda sa mängudes jälitad. Need on andekad lapsed, võimete ja võimetega. Ma hoian teid siiski kursis ja te vajate minu abi."

„Sinu abi? Lüüa lapsi, pelgalt lapsi?!" Trio naeris ja lehvitas oma võimsate nahkhiirte tiibade abil maapinnast ülespoole tõstes. „Me lööme neid enne, kui nad üldse löövad." Maod sülitasid ja sülitasid nõusolevalt.

„Nagu me tegime valges toas. Nagu me tegime nende sõbra Rosaliega. Ta ei tahtnud meile öelda, keda meie järele saadeti. Me tahtsime teada ja olime väsinud ootama, et sa meile ütleksid. Nii et me viisime ta välja," ütles Meg.

„Jah, ja sa peaaegu andsid mängu ära! Samuti on kahju, et sa ei võtnud tema hinge üles ja ei pannud seda hingepüüdja sisse," ütles Eriel. „Nüüd on lahtised otsad. Lahtised otsad võivad muutuda juhtnöörideks neile, kes neid otsivad."

Nad vaatasid üles taevasse ja nägid vikerkaarekujulise värviriba, mis ulatus ühest küljest teise. Ainult et see ei olnud vikerkaar, vaid energia. Nende energia, keda peainglid olid värvanud tegema seda, mida nad ise ei suutnud teha.

„Me teame, et nad tulevad - ja neil ei ole meie vastu mingit võimalust!" Tisi karjus.

Noh, nad suutsid need teie saadetud infantiilsed tulepallid võita!" Eriel hüüatas. „Nii vilets ja amatöörlik katse, kui see oli! See pani mind häbenema, et ma teiega koos töötan! Hea, et keegi ei tea meie seotusest."

Rusikate ja hammastega kokku surutud fuuriad ei astunud edasi, kuni Alli murdis jää.

„Õed, tema arvamus meist ei ole oluline. Me tegime oma parima. See oli proovimist väärt. Pealegi on meil juba palju hingi käsil." Ta segas potti, lonksutas küna peal veidi suppi ja sülitas selle siis välja. „Liiga palju soola," ütles ta. Ta lisas vett, siis metsseeni ja mõned beebikartulid. „Ja me kogume iga päevaga rohkem lastehinge. Ma olen väsinud sellest, et ootan siin laste superkangelaste tulekut. Et nad organiseeruksid. Kui nad on kõik koos, miks me neid lihtsalt TAPMATA ei saa?"

„Õde, sa pead olema kannatlik."

„Ma olen väsinud kannatlikkusest. Ma olen väsinud - ma olen lihtsalt väsinud," ütles Alli. Ta segas ja pärast seda, kui ta oli visanud sisse mõned metsikud ürdid ja vürtsid, maitses ta suppi ja see oli hea. „Õhtusöök on valmis," ütles ta.

„Sa oled kannatlik ja sa ei tegutse - kui ma ei ütle sulle, et tegutseda. See on minu mäng ja ma kutsusin teid mängima. Ilma minuta olete lihtsalt kolm kasutut jumalannat, kes magavad oma ülejäänud elu ära."

Ta peksis saapaga liiva. „Ja tõesti kahju, et te peate inimtoitu tarbima. Päris mahajäämus - kuna nüüd vajate ellujäämiseks toitu. Kui ma valitsen maad ja kõik hingepüüdjad elavad siin, vajutan **ma EARTH PAUSE.** Ma valitsen maad ja kui te mängite mängu õigesti. Kui teete, nagu ma palun, siis olete minu kõrval. Jagate võitu. Kui te lähete minu vastu, siis pöördute tagasi tolmuks.“

Pärast seda, kui ta oli öelnud sõna „tolm“, avas ta oma käed ja tiivad, tõusis maast üles ja kadus.

Fuuriad laulsid üheskoos, samal ajal kui nad oma suppi rüübasid. Maod, kes olid kõige näljasemad, limpsisid seda üles ja kuigi nad puhastasid poti, tahtsid nad ikka veel rohkem.

„Nüüd, kui ta on läinud,“ ütles Meg, “räägime omaenda lõppmängust.“

Tisi ja Alli kaklesid.

„Eriel usub, et ta taastab meie jumalanna-staatuse, aga me ei lase sellel peainglil maad üle võtta. Kes ütleb, et ta ei jäta meid maha, kui me oleme kogu töö ära teinud? Peainglid ei pea alati oma lubadusi. Me ei pea ka meie oma lubadusi pidama, eks ole, õed?“

„Kes ta arvab, et ta on Väljavalitu?“ Alli küsis.

Meg naeris. „Teda ei valinud miski ega keegi - aga me vajame teda ikkagi.“

„Jah,“ ütles Tisi. „Tema enesekindlus on tema viga.“ Ta langetas hääle sosinaks: „Iga kord, kui ta räägib, nõrgestab ta ennast. Iga kord, kui ta teisi peaingleid reedab, annab ta natuke rohkem oma võimu ära.“

Taas puhkesid õed laulma:

„Värvatud laste veri on homne supp.

Pärast suppi lõbutseme hula-hoopiga.“

Meg võttis laulu üles,

„Beebid, lapsed kurjad väikesed ja süüdi kui muda

Me ütleme ära nende peaga, kui me kogu õnne saame!“

Alli laulis,

„Pimeduse tütred vs. lapsed, kes ei tea midagi.

Taevas sajab verd enne, kui me lõpetame!“

Nad kähisesid ja siputasid piitsu napsates ja tantsisid, kui kuu tõusis taevas üha kõrgemale ja kõrgemale. Kurnatuna langesid nad maasse ja magasid mullale. Maod eelistasid seda asendit - ja ka magasid - pigem kui kogu öö siputades ja ringi liikudes.

„Head ööd, õed,“ ütlesid nad ringiga, täpselt nagu nad nägid, kuidas inimesed oma satelliitantenni kaudu telekast The Walton's'is tegid. See oli üks nende lemmiksaateid. „Ja hommikul vaatame plaani uuesti üle.“

PEATÜKK 9
PAFHS9

Seeoli Sami ja Samantha jaoks võistlus, kes ootasid, milline lasterühm saabub esimesena tagasi. Võitja tõuseb terve kuu jooksul igal õhtul koos kaksikutega üles, nii et panused olid kõrged.

Sam valis E-Z, Lia ja seejärel Alfredi. Samantha valis Alfredi, E-Z, siis Lia.

„Aga E-Z on ju Austraalias," torkas Samantha. „Sa kaotad niimoodi. Ma mõtlen sinule - EI - kui ma kuu aega öö läbi magan."

„Sa valisid Alfredi ja ta lendab lennukiga! Sa ju tead, kuidas nad alati üle broneerivad ja harva sõiduplaanist kinni peavad. E-Z seevastu saab tulla ja minna, kuidas talle meeldib, ja tema ratastool sõidab hämmastavalt kiiresti! Ma nii kindlasti võidan ja olen nii kindel, et magustan kihlveo ja teen sellest kuus kuud. Kas te olete valmis panust suurendama?"

Samantha kaalus seda uut pakkumist. Sellised panused võivad abielule haiget teha, ja neil oli niigi unest puudus, sest mõlemad ärkasid igal öösel üles, et kaksikute eest hoolitseda. Ta kallistas teda: „Hoidame asja lihtsalt. Üks kuu."

„Kana," ütles Sam, mässides käed ümber oma naise. Ta suudles teda otsaesisele, kui Jill lasi välja hädaldamise, millega Jack peagi ühines. „Ma lähen," ütles ta.

„Lähme koos," ütles Samantha, võttis abikaasa käe enda kätte ja nad läksid koridori.

Väike Dorrit tiirutas tagasi, tippkiirusel.

„Kas me ei võiks minna alla ja võtta jooki?" Brandy küsis.

„Lihtsalt ei," ütles Little Dorrit.

„Tule," ütles Lia, "see võtab vaid paar minutit."

„Ma ei taha sind hirmutada," ütles Little Dorrit, "aga mul on halb tunne ja ma tahan, et me võimalikult kiiresti vabalt välja läheksime."

„Okei," leppisid kaks tüdrukut kokku.

Nüüd juba peaaegu kodus, saatis Lia Samanthale tekstisõnumi, et nad on paari minuti pärast kodus.

„Ah, me mõlemad eksisime!" ütles ta.

„Aga üks meist peab ikkagi igal öösel kaksikutega üles tõusma," ütles Sam.

„Me teeme seda kordamööda," ütles Samantha, kui ta ja Sam nüüd, kui kaksikud olid end tagasi magama pannud, aeda läksid. Varsti nägi ta Little Dorriti, kes tuli maanduma.

Lia ja Brandy hüppasid maha.

„See oli tõesti lahe," ütles Brandy. „Aitäh, Little Dorrit." Ta kallistas ükssarvikut, kes vastas: „Tere tulemast."

„Jah, aitäh, et sa meie eest hoolitsesid," ütles Lia.

„Teie eest hoolitsemine, kas oli mingeid probleeme?" Sam küsis.

„Midagi, millega ma ei saanud hakkama," ütles Little Dorrit. „Kui te mind nüüd mõnda aega ei vaja, siis ma tahaksin vett ja suupisteid võtta."

„Mine sa ainult," ütles Sam, "ja aitäh, et sa meie tüdrukute eest hoolitsesid."

Väike Dorrit virutas Samile silma, siis läks ta minema ja oli varsti silmapiirilt kadunud.

Pärast tutvustusi Sami ja Samanthaga helistas Brandy koju, et anda oma emale teada, et nad on turvaliselt kohale jõudnud.

Paar tundi hiljem saabusid Alfred, Charles, Haruto ja tema vanaema. Nagu varemgi, tehti tutvustusi, kusjuures Brandy ja Lia lisandusid.

„Sa ei saa olla see Charles Dickens," ütles Brandy kulmu kergitades. „Ja sina oled alles laps, vaevalt mähkmetest välja tulnud," ütles ta Harutole, kes vastuseks keerutas end nähtamatuks.

„Ups!" Brandy hüüatas. „Ja sina, sa oled suur sulepeenike! Kuidas sa meid aitad meid Füüriat alistada!"

„Esiteks," alustas Alfred, "sa oled palju ebaviisakam, kui peaksid olema. Isegi minusugusel ebatraditsioonilisel luigel on kombed."

„Anata wa gakidesu!" ütles Haruto vanaema, mis tõlkes tähendab: „Sa oled krati!"

Nähtamatust Harutost kostis kisa.

Lia astus vahele ja vabandas: „Ma täidan teda. Ta on lahe. Anna talle lihtsalt natuke aega, et ta sisse elada," ütles ta. „Ma ei teadnud enne, kui just praegu ise nägin, mida Haruto oskab." Väikesele poisile ütles ta: „Tule tagasi, Haruto, palun. Ta ei tahtnud su tundeid haavata."

„Vabandust," ütles Brandy silmad põrandale langetades.

Haruto tuli tagasi, hääbudes. Ta seisis, käsi ümber vanaema vöökoha. Alfred ja Charles liikusid neile lähemale.

„Me tulime just lennukist ja oleme väsinud - nii et läheme värskendama. Kui me tagasi tuleme, eeldan, et te panete talle rihma või kleeplindi suu peale. Või õpetate talle kombeid," ütles ta ja tassis siis koos kahe teisega piki koridori minema.

„Vau!" Brandy ütles. „Lihtsalt WOW! Ma ütlesin, et mul on kahju."

„Ei, tal oli õigus," ütles Lia.

Samantha ütles: „Sa oled nüüd meie majas ja me ei salli, et sa kellegagi ebaviisakalt ümber käid."

Sam pani käed rindu, just siis, kui kaksikud hakkasid jälle vinguma.

„Nad peavad olema näljased. Ärge muretsege, ma saan hakkama," ütles Samantha, kuid enne lahkumist heitis ta Brandyle pilgu.

„Brandy, sa oled võõras kohas, kus sa ei tunne veel kedagi peale Lia ja Little Dorriti," ütles Sam. „Kui sa tahad olla osa sellest meeskonnast, et võita Fuuriad - siis pead sa tegema koostööd. Oma meeskonnakaaslaste solvamine ei ole tõhus viis alustada. Ma soovitaksin, et sa vabandaksid uuesti nagu tõsiselt, kui nad tagasi tulevad, ja paluksid uuesti alustada."

Brandy silmad täitusid pisaratega: „Ma olin lihtsalt üllatunud, et näen teisi meeskonnaliikmeid, kellega ma koos töötan. Aga sul on õigus, ma vabandan uuesti ja küsin uut võimalust. Loodan, et nad andestavad mulle. Ema ütleb alati, et ma olen enda jaoks liiga otsekohene."

Lia naeratas. „Sa armastad Alfredi, kui sa teda tundma õpid. See on esimene kord, kui ma ka Charlesiga isiklikult kohtun. Charles on kummalises olukorras. Kui ta oli kümneaastane, oli see aastal 1822. Mõtle selle peale. Ja ma kohtun ka esimest korda Harutoga ja tema vanaemaga."

„See on hullumeelne! James Monroe oli siis president - ja ta oli meie viies president!" Brandy hüüdis. Ta torkas Liale õrnalt silma: „Ema ja isa oleksid ülivõrdes, et ma seda infot mäletan! Ja see poiss, ma mõtlen Haruto, noh, ta tundub liiga noorena oma elu ohtu seada."

Lia naeris ja Sam ühines sellega, siis kuuldes, et naine kutsub teda kaksikutega appi, tormas ta toast välja.

Charles vastas: „George IV oli troonil, kui ma viimati siin olin. Vähemalt ei pea ma muretsema, et pean järgmisel aastal uuesti töömajja minema,“ ütles ta naeratusega, mis kiiresti tuhmus.

Lia puhkes tahtmatult kriiskama, Brandy aga puhkes pisaratena ja ütles: „Mul on nii kahju, Charles.“

„Ah, siis olete kuulnud töömajadest,“ ütles ta. „Aga ma olen siin ja ma olen selle üle elanud ja ilmselt kasutasin oma kogemusi, et kirjutada selliseid tegelasi nagu Oliver Twist ja Little Dorrit, et mainida kahte. Jah, ma lugesin enda kohta internetist ja pean ütlema, et olen isegi endale muljet avaldanud.“

„Sa ei ole veel kohtunud Väikese Dorriti ükssarvikuga,“ ütles Lia. „Ta läks värskendust saama, aga ta tuleb varsti tagasi.“

„Kes?“ Charles uuris.

Tähelepanu peale ilmus Väike Dorrit taas nende peade kohal ringiratast tehes ja tuli kiirelt maanduma.

„Little Dorrit, see on Charles Dickens. Charles, see on Little Dorrit,“ ütles Lia.

Charles jäi sõnatuks, kui sõbralik ükssarvik teda nokitses. „Ma poleks iialgi unistanud, et kohtan ükssarvikut.“

„Tore, Charles,“ ütles Väike Dorrit.

Charles ohkas: „Ja veel selline targalt rääkiv!" Tal oli miljon küsimust, mida talle esitada, kuid need pidid ootama, sest taevas olid E-Z, Lachie ja Baby maandumas. „Kas ma olen ärkvel või näen unes?" Charles küsis. „Nipsuta mind, et ma oleksin kindel."

Kui Baby maandus ja Lachie maha astus, tehti kõikjal tutvustusi, kui E-Z kiirustas sisse, et kasutada vannituba. Kui ta tagasi tuli, liitusid nendega Sam ja Samantha koos kaksikute, Haruto ja Alfrediga.

„Kogu jõuk on siin," ütles Alfred.

„Kas ma saan sinuga ja Harutoga rääkida," küsis Brandy. Kui nad noogutasid, ütles ta: „Mul on väga, väga kahju. Palun andestage mulle minu ebaviisakus ja andke mulle teine võimalus." Ta vaatas oma jalgu.

„Alustame uuesti," ütles Alfred.

„Saikai suru," ütles Haruto ja tõlkis siis: "Mida ta ütles."

„Anata wa yurusa rete imasu," ütles Haruto vanaema, mis tõlkes tähendab: "Sulle on andeks antud."

Beebi ja Väike Dorrit kõrvuti seistes oli väga kummaline vaatepilt. Väike Dorrit ei olnud väike, ta oli ükssarvik, mis oli üle kahe meetri pikk, samas kui

Baby, ei olnud kasvult mingi laps, sest ta oli üle 18 meetri pikk.

„Uh, ma arvan, et te kaks - viidates Beebile ja Väike Dorritile - peate leidma endale teise magamiskoha, sest aed ei ole teie kahe jaoks piisavalt suur," ütles E-Z.

Little Dorrit ütles: „Ma tean üht kohta ja me saame ka midagi maitsvat süüa ja vett."

„Kõlab hästi," ütles Baby.

Haruto vanaema patsutas beebit pealaele ja küsis: „Josha wa dodesu ka?", mis tõlkes tähendab: „Kuidas oleks, kui sõidaksime?"

Beebi vastas: „Tashika ni, tobinotte!", mis tõlkes tähendab: „Muidugi, hüppa peale!"

Haruto jooksis kohale ja ütles: „Matte watashi o wasurenaide!", mis tähendab tõlkes: „Oota, ära unusta mind!"

Beebi laskis end alla, et Haruto ja tema vanaema saaksid tema selga ronida. Nad lendasid minema, kusjuures Väike Dorrit järgnes lähedalt.

Sam ütles: „Ma arvan, et kõik peaksid end sisse seadma ja te võite homme rääkida ja planeerida, kuidas teile meeldib." Ta ütles: „Ma arvan, et kõik peaksid end sisse seadma ja te võite homme rääkida ja planeerida, kuidas teile meeldib."

„Hea mõte," ütles E-Z, kui Baby Haruto ja tema vanaema maha jättis. Sobo juuksed seisid püsti, nagu oleks ta sõrme pistikupessa pistnud.

Kuna Haruto vanaema oli sõnatu, viis Samantha ta oma tuppa. „Haruto magab minu toas," ütles ta.

„Muidugi, ma tulen kohe tagasi." Ta suundus mööda koridori E-Zi tuppa.

„Kuidas oli?" E-Z küsis Harutolt.

„Subarashi!" hüüatas ta, mis tõlkes tähendab: "Fantastiline!"

„Meile toodi täna voodi ja mõned narivoodid," ütles Sam, "nii et Haruto, Charles ja Lachie, te olete koos E-Z ja Alfrediga nende toas. Alfred magab E-Zi voodi otsas."

„Tänan," ütles E-Z, kui nad suundusid tema tuppa. „Oh, muide," ütles ta, kui nad olid kahekesi, "kas kellelgi teist oli tagasiteel probleeme?"

Alfred ütles, et neil ei olnud.

„Aga sinuga, Lia?" küsis ta mõttes.

„Ei."

„Mis siis juhtus?" Alfred küsis.

„Noh, meie jälgedes oli põlev tulekera."

Lia haigutas.

„Aga tänu Beebi kiirele mõtlemisele sai see hävitatud.“

„Kuidas tal õnnestus see hävitada?“ Alfred uuris.

„Baby neelas selle alla ja viskas siis ookeani.“

„See on hirmutav,“ ütles Haruto.

„Ma olen ikka veel natuke mures Baby pärast,“ ütles E-Z, “sest tagasiteel märkasin, et ta köhis ja aevastas paar korda.“

Lachie ütles: „Üks säde lendas isegi suust ja ninasõõrmetest välja. Ta ütleb, et tal on kõik korras, aga ma hoian teda hoolega silmas.“

„Me ei saa teda ju nüüd päris kindlasti loomaarsti juurde viia, eks ole?“ Alfred ütles.

Haruto naeris ja naeris.

„Mis on nii naljakas?“ E-Z uuris.

„Hyoryu Doragon,“ ütles ta. „Hyoryu Doragon!“ - mis tõlkes tähendab draakoniveterinaar - ja ta röögatas jälle naerust.

Alfred ja E-Z kehitasid õlgu, nagu ka Charles, kes vahetas teemat, küsides, kas teised arvasid, et nad peaksid oma meeskonnale uue nime välja mõtlema, sest nüüd on neid kolme asemel seitse.

„Võib-olla,“ ütles E-Z.

„Millised on meie peamised tunnused?" küsis Charles.

„Lubadus," pakkus Haruto, kui ta oli end rahustanud ja naeru lõpetanud.

„Aspiratsioon," ütles Charles.

„Usk," ütles E-Z.

„Lootus," ütles Alfred.

Samantha kuulas paar minutit ukse taga. Kõik kõlasid piisavalt sõbralikult, nii et ta läks tagasi, et rääkida Haruto vanaemaga.

„Haruto on teiste poistega sisse seadnud ja nad vestlevad. Sa võid ta homme siia sisse kolida, kui tahad. Tal on seal oma voodi. Nad plaanisid oma superkangelaste meeskonnale uut nime - seega ei tahtnud ma nende ajurünnakut katkestada."

Haruto vanaema noogutas: „Aitäh."

Lia ja Brandy olid nüüd kaasatud toast tuppa vestlusse.

„Jõudu x 7," pakkusid tüdrukud.

„Äh, ta oskab mõnikord meie mõtteid lugeda," kinnitas E-Z.

Charles hüüatas: „Mis on PAFHS7?"

„Mulle meeldib," ütles E-Z, "aga kas me ei unusta meie meeskonna kahte põhilist liiget? Ma mõtlen Little

Dorriti ja Beebit. Nad on lahutamatud liikmed ja nad on meid juba paar korda päästnud."

Alfred kordas sõnu, nagu ka Haruto.

„Aga PAFHS9!" Laulsid Lia ja Brandy.

PAFHS9 ei saanud midagi teha, nad naersid - kuni kuulsid, kuidas keegi nende peade kohal katusel ringi käis.

„Mis kurat see oli?" E-Z küsis.

„Juu-huu! See oleme meie!" Raphael ütles. „Eriel ja mina.

PEATÜKK 10
LÄRM KATUSEL

Sam mõtles, kas jõulud on tulnud varakult, kui ta oma hommikumantlis õue komberdas, et uurida katuselt kostvat lärmi. Ta ei näinud, kes seal üleval oli, kuni seisis keset oma esiümbruse muru.

„Shhh!" sosistas ta. „Me saime lapsed just magama."

Peaingel ei vastanud. Selle asemel riputasid nad pead nagu kaks sõimatud last.

„Kas te tahate sisse tulla?" küsis ta.

„Tänan teid väga," vastas Raphael.

POOF

POW

Ta ja Eriel kadusid.

Sam ei liikunud kohe muru pealt ära. Tema jalad olid rohu kastest märjad ja kui ta rusikaid hommikumantli taskusse torkas, märkas ta Little Dorritit ja Beebit maja ümber tiirlemas.

„Kas seal all on kõik korras?" küsis Little Dorrit.

„Jah," ütles Sam, "aga igaks juhuks ära mine liiga kaugele. Ma vilistan, kui vajame abi." Ta lehvitas ja astus siis uuesti majja, mis oli nüüd täis hääli ja toolide kraapimist. Ta kiristas hambaid ja lootis, et kaksikud magavad rahulikult. Nüüd köögis märkas ta, et kõik peale Haruto vanaema olid ärkvel ja ärkvel.

Raphael, kes istus nüüd laua eesotsas, meenutas naist, kes oli hotellis meditsiiniõeks riietatud, kui Alfredi elu päästeti. Tema pikk, voolav diplomitruuduse sarnane kleit suurendas tema staatust teiste seas, nagu oleks ta istuv professor või kohtunik.

Eriel seevastu oli oma välimust muutnud nii, et ta nägi välja nagu surnud laulja, kelle kaubamärk oli riietuda pealaest jalatallani musta, sealhulgas tumedate raamidega päikeseprillidesse.

„Kas meil on vaja rohkem toole?" Samantha uuris.

„Ma arvan, et meil on kõik korras," ütles Sam. „Ma loodan, et see ei võta väga kaua aega. Oh, ja E-Z, sa võtad laua teise otsa, kuna sa oled meie valitud juht."

„Uh, aitäh,“ ütles E-Z oma kohale liikudes. „Mis kuradit te kahekesi siin keset ööd teete?“

Brandy naeris: „Ja kes ütles, et mina olen ebaviisakas?“

Lia ütles: „Shhh.“

Raphael vaatas mõlemale lapsele otsa. See oli esimene kord, kui ta nägi Harutot, Charlesi, Brandyt ja Lachyt. Nad kõik olid nii uskumatult noored, nii julged. Tema silmad tõmbusid, kui tema pilk langes E-Z-le. Ta langetas pea.

E-Z ootas, siis sai ta aru, et Raphael palus temalt luba rääkida. Ta noogutas.

Enne rääkimist kohendas Raphael oma uusi prille. Tema tegemine sundis E-Z-d oma vanu prille kohendama, mida ta, nagu nende algne omanik oli palunud, kunagi oma näolt ära ei võtnud.

Charles, kes väga ebaharilikult muutus üha kannatamatumaks, küsis: „Proua, miks ma olen siin kümneaastase poisina, kui ma oleksin täiskasvanuna sellele meeskonnale palju kasulikum.“

„VAIKUS!“ Eriel hüüdis, lüües rusikatega lauale. „Meil on sõnaõigus. Räägi, õde, sest need lapsed muutuvad aina kannatamatumaks. Nende silmad värelevad ja kihutavad mööda tuba ringi. Justkui ootaksid nad, et sa nad kuuma vaha vaadi kukutaksid!"

„Ebaviisakas!" Brandy hüüatas. „Ma ei karda sind!"

„Shhh," sosistas Lia.

Charles naeratas Brandyle.

„Sa peaksid kartma," ütles Eriel irvitades. „Väga karta."

„Järjekorda! Järjekorda!" Raphael hüüdis ja ootas, kuni kõik olid istunud ja rahulikumad. „Me oleme täna õhtul siin SINU jaoks." Raphael ütles üsna valjemini, kui ta eeldas.

„Siin! Siin!" Eriel sekkus.

„Kuidas nii?" E-Z uuris.

„Ta ütleb sulle, kui sa vaikselt räägid!" Eriel teatas.

Raphael ootas taas, enne kui ta uuesti sõna võttis.

„Ei ole aega väljamõeldud plaanideks ega viivituseks. Raevud teevad hävingut, iga päevaga üha enam Hingepüüdjate piraatidega. Viskavad vanu hingesid välja avalikku tühjusse. Seal on täielik kaos! Ja nad loovad iga sekundiga, iga minutiga, iga tunni iga päevaga rohkem. Ühesõnaga, nad tuleb peatada. Kohe."

„Aga..." Alfred ütles, „sa isegi ei maininud lapsi."

Eriel tõusis toolilt. Ta vaatas Alfredile otsa, sundides teda ära vaatama. „Ta ei ole veel lõpetanud."

Raphael jätkas seekord kõhklemata.

„Meie, Eriel ja mina, oleme siin, et anda teile nõu - ilma, et oleksime otseselt kaasatud. Meie ülesanne on aidata teid, aidata endal lapsi päästa."

E-Z-le ei meeldinud see, üldse mitte. Ta lõi rusikad lauale.

„Me oleme juba kokku leppinud, et võitleme Raevude vastu. Kõigepealt peame end valmis tegema, koostama plaani. Kui oleme valmis, hävitame nad. Kui te tulite siia, et meid kiirustada, suruda meid lahingusse enne õiget aega, siis kuna mind on valitud juhiks, siis tahaksin ma tagasi tõmbuda. Me oleme lihtsalt lapsed ja te palute meil oma elu ohtu seada. Ma ei ole, me ei ole valmis edasi liikuma, enne kui me pole täielikult valmis."

Lia tõusis esimesena püsti ja hakkas aplodeerima ning tema ülejäänud meeskond ühines sellega.

„Mida ta ütles," kurtis Alfred, sest luiged ei oska aplodeerida.

„Oodake!" Raphael ütles. „Me ei ole siin, et sind tõugata, me oleme siin, et sind aidata."

Erieli värv muutus valgest punaseks, mis oli äärmises kontrastis tema musta riietusega. E-Z ja teised vaatasid pealt, kuidas peaingli jume jätkuvalt punetas, kartes, et tema pea võib plahvatada.

„Rahune maha ja istu!" Raphael käskis. Eriel hingas paar korda sügavalt sisse ja vajus siis tagasi oma istmele.

Raphael jäi rahulikuks, pea püsti. Ta lükkas oma tooli tagasi ja tõusis. Ja jätkas tõusmist, kuni ta oli üleval. Ta seadis end sisse, nagu sõidaks ta võluvaibaga, ja kallutas pead paremale, nagu poseeriks ta selfie jaoks.

„Me oleme teile ja ülesandele pühendunud, kuid meie võimetel on piirid. Kui teile on tuttav ütlus, et „me oleme teie jaoks vaimusilmas siin", - siis seda me ka oleme. Me oleme täna kõik reeglid purustanud, tulles siia teie koju. Me tegime seda vastuollu oma ülemuste nõuannete ja terve mõistusega.

„Tulles siia, oleme end tundmatutele ja tundmatutele ohtudele avatud, kuid te olete seda riski väärt. Seepärast otsustasime tulla ja pakkuda oma abi isiklikult."

„Samuti saame aru, et te olete koostanud plaani ja me oleme siin teie kõlakadena. Sa võid seda meie peal katsetada, et näha, kas see toimib. Kui me märkame mingeid vigu, siis osutame neile ja aitame teid."

E-Z heitis pilgu oma meeskonnaliikmetele, kes istusid taas maha. „Me kaalume võimalust tõmmata jumalannad mängu ja võita nad seal."

„Oh, ma näen," ütles Raphael. „Te usute, et saate neid nende enda mängus võita, nii öelda, targalt. Üsna targalt, aga kardan, et mitte piisavalt targalt."

„Mida sa mõtled?"

„Nad on välja mõelnud, kuidas manipuleerida ja kontrollida kõiki mängumaailma mängijaid. Nad teavad kõiki trikke - sest tööstusharu on teinud selle lihtsaks, kui oled kord juba mängus. Et mängida, tuleb tappa. Et edasi liikuda, tuleb tappa. Et võita, tuleb tappa.

„Mängumaailma E-Z sees pead ka sina tapma. Kui sa seda teed, oled sa õiglane mäng The Furies'i jaoks. Nad võivad teid kõiki ükshaaval kinni võtta. Te ei saa seal meeskonnana seista. Meeskonnad mängu sees on pelgalt illusioonid. Ükski mängija ei jääks nende kättemaksuahnest vandenõust välja.

„Pidage meeles, et jumalannadel on mandaat - see on karistada karistamatuid. Ja nad järgivad seda täpselt, ilma kui, siis ja siis või aga. Siiski kasutavad nad halli ala enda kasuks. Mitte miski ei saa neid peatada - eeldusel, et nad peavad kinni mandaadist.“ Ta peatus ja vaatas Erielile otsa: „Tahate midagi lisada?“

„Teie asemel,“ ütles ta, "ründaksin neid otse avalikult. Seal ja siis, kui nad seda kõige vähem ootavad. See paneks teid jõupositsiooni ja muudaks nad haavatavaks.“

„Seda juhul, kui nad meid ei näe või ei tunneta, et me tuleme nende järele,“ ütles Brandy. „Ma ei saa ikka veel aru, kuidas nad lapsi tapavad. Me peame seda nägema, mõistma seda ja teadma, millega me silmitsi seisame. Ma ütlesin, et aitan, aga ma ootasin kindlasti täpsemat teavet.“

„E-Z,“ küsis Raphael, "kas sa oled nõus mulle mu prillid tagasi andma? Lühikeseks ajaks? Nende abil saan ma sulle näidata The Furies'i tehnikat. Kuidas nad lapsi mängu sees reaalajas lõksu panevad. Brandyl on õigus, nägemine on uskumine, aga ma ei saa seda teha ilma oma originaalprillideta. Ainult teie saate selle otsuse teha. Kui te tõesti tahate näha. Kui sa tõesti tahad teada.“

„Lahe,“ ütles Brandy. „Hakkame tööle, E-Z.“

Eriel heitis pilgu lakke. „Ophaniel kutsus mind. Ma pean nüüd minema.“ Ta kummardus.

ZIP

Ta kadus öösse.

E-Z võttis punased prillid maha ja voltis need kokku, enne kui andis need Raphaelile, kes ikka veel laua kohal hõljus. Klaasid, kui ta nende järele sirutas, lendasid tema kätte.

Raphael võttis tema uued prillid ära ja poleeris vanu, enne kui pani need talle näkku. Ta naeratas, kui ta ja kõik teised ruumis jälgisid, kuidas veri madulikult ümber raamide liikus, nagu oleks ta end temaga uuesti tutvustanud.

Kui veri prillide sees oli taastanud oma rafaeli voolu, pani ta need oma näole, siis osutas ta end seina poole, kui tema prillidest kiirgas võimas helendav valgus, nagu võiks eeldada, et seda näeb kinosaalis.

„Enne kui me alustame," ütles Raphael, "see ei ole nõrganärviliste jaoks. See, mida te nüüd näete, on hinnatud täiskasvanute saateks. Ma arvan, et Haruto ei peaks seda nägema."

Samantha ütles: „Tule Haruto. Sina ja mina võime teises toas natuke telekat vaadata."

Mõlemad läksid välja. Ja saade algas.

Ekraanil oli väike poiss. Umbes seitsme-, võib-olla kaheksa-aastane. Kuigi oli keset ööd, istus ta arvuti ees. Tema peas olid kõrvaklapid. Tema suu ees oli pisike mikrofon, mis oli kinnitatud tema peakatte külge.

„Gotcha!" ütles ta. „Mul on vaja vaid veel ühte tapmist, siis olen järgmisele tasemele jõudnud."

HHIIIIIIIISSSSSSSSSSS.

Ja nad võisid seda ka kuulda.

„Sa oled mõrvar!"

"Ainult halvad poisid tapavad - ja sina oled halb poiss. Kas su ema teab, milline paha poissmõrvar sa oled?"

„Ma mängin mängu," ütles ta. „See on ainult mäng ja kui ma ei tapa, ei saa ma edasi minna."

„Vaene poiss," ütles E-Z.

Vaikus.

Poiss jätkas oma mängu. Varsti jõudis kätte aeg, mil ta jälle tappis. Seekord ta kõhkles.

"Mine edasi. Sa oled korra tapnud, sa tead, et see oli lõbus, nii et mine ja tapa uuesti. Sa tead, et sa tahad."

„Ei!" ütles ta.

"See ei ole tähtis. Üks tapmine on kõik, mida me vajame!"

Siis muutus sumin taas väga valjuks, valjemini, valjemini, valjemini.

„Lõpeta!" karjus ta.

„Lõpeta Raphael!" Lia karjus.

„Ma ei saa," vastas peaingel. „Sa ütlesid, et tahad näha, kuidas nad seda teevad. Kui keegi teist on liiga hirmul, siis minge välja või katke silmad. Brandyl oli õigus, te peate seda ise nägema. Siiani ei ole ka mina seda näinud."

HHIIIIIIIIISSSSSSSSSSS.

Mine edasi. Sa oled korra tapnud, sa tead, et see oli lõbus, nii et mine ja tapa uuesti. Sa tead, et sa tahad."

Mine edasi. Sa oled korra tapnud, sa tead, et see oli lõbus, nii et mine edasi ja tapa uuesti. Sa tead, et sa tahad."

Mine edasi. Sa oled korra tapnud, sa tead, et see oli lõbus, nii et mine edasi ja tapa uuesti. Sa tead, et sa tahad."

„La, la, la, la, la," laulis poiss. Püüdis hääli välja lülitada.

„Ta on hulluks läinud," ütles ka tema sõber, kes mängis. „Ma lähen ära. Kohtume homme koolis, Tommy."

„La, la, la, la, la!" Tommy jätkas laulmist.

Tema pulss kiirenes. Tema südametegevus kiirenes. See peksis ja peksis, nagu tahaks ta rinnast välja murda. Ta ei suutnud hingata. Ta püüdis püsti tõusta, kuid ta jalad muutusid tarretiseks.

Ta kuulis häält oma peas. See kõlas nagu tema ema hääl, aga see ei olnud seda.

"Me häbeneme sind nii väga, Tommy. Me ei vääri seda, et meie poeg on mõrvar!"

Teine hääl, mis kõlas nagu tema isa hääl.

"Meie poeg ei ole mõrvar, kes sa siis oled? Sa ei ole meie poeg."

Tommy nuttis.

„Ma olen mõrvar," ütles ta, kui ta oma toolilt maha vajus ja põrandal palliks murenes.

Nüüd kõlasid ekraanilt veel kaks häält. Tema vend Alex, tema õde Katie, kes laulsid koos vanematega laulu, laulu, mida lauldi populaarse lastelaulu järgi mooruspõõsast. Nende versioon kõlas nii:

„Tommy on mur-der-er; mur-der-er, mur-der-er, mur-der-er, Tommy on mur-der-er, Ja me ei armasta teda enam."

Vaene Tommy oli nüüd üksi.

„Ära anna alla," hüüdis Lia, kuigi teadis, et mees ei kuule teda.

Ta kujutas põrandal palli kokku kerides ette, et ema, isa, õde ja vend tantsivad tema ümber. Nad tiirlesid tema ümber nagu küülik oma saagi ümber.

„Tommy on mur-der-er; mur-der-er, mur-der-er, mur-der-er, Tommy on mur-der-er, Ja me ei armasta teda enam."

Tommy väike süda oli murtud. See surus end tema kehast välja ja lendas minema.

Raevud püüdsid selle kinni ja lükkasid selle Hingepüüdjasse. Nad lõid ukse kinni.

Raphael võttis prillid ära. Kohe lõppes seinaprojektor. Kui ta prillid E-Z-le tagasi andis, jooksis pisar tema põsele.

Vaikus laua ümber oli kõrvulukustav.

„Nende kõrval näevad need nõiad, kellest Shakespeare Macbethis kirjutas, lahked välja," ütles Alfred.

„Ma ei näe, kuidas minu võime maskeeruda või loomadega rääkida aitab, mitte nende vastu," ütles Lachie.

„Ma tapaksin ühe, sureksin, tuleksin tagasi, tapaksin teise, sureksin, tuleksin tagasi ja tapaksin kolmanda," ütles Brandy. „Las ma saan neid kätte!"

„Oot," ütles E-Z. „Nüüd, kus me seda nägime, peame sellest rääkima. Enne kui sukeldume. Äkki peaksime uuesti hääletama? Meie osalemine peab olema üksmeelne."

Sam võttis sõna. „Sa ei pea häbenema, et öelda ei. Keegi ei määranud teid maailma päästjateks."

„Tal on õigus," ütles Raphael. „Keegi ei määranud teid - ometi ei ole kedagi teist, kes seda teha saaks."

„Miks te, peainglid, seda ei saa teha?" Brandy küsis.

„Me proovisime kõike, mida teadsime, ja ebaõnnestusime. Seepärast tulime teie juurde," ütles Raphael. „Ja ühe asja tahan ma teile kõigile selgeks teha… Kui kunagi tuleb hetk, mil te kardate, et lõpp on lähedal, siis tuleme me teile appi."

„Kuidas te siis kavatsete meid aidata, kui te just ütlesite, et olete kasutud?" Charles küsis.

„Seda ma tahtsingi küsida," ütles Brandy.

„Kui, kui, lõpp on lähedal… meile, peainglitele, antakse teised võimed. Kuni neid ei vajata, magavad need jõud sügaval maa sisemuses.

„Seniks, E-Z, sa tead maagilisi sõnu, millega Erieli enda juurde kutsuda. Need samad sõnad toovad mind ja teisi, kui te meid vajate.

„Me tuleme. Me võitleme teie kõrval. Aga palun, ärge raisake kutset. Selleks, et iidsed väed ärkaksid, peavad olema eksimatuid tõendeid, et inimkonna lõpp on lähedal."

„Ja mis siis, kui me teid kutsume ja väed, mida te ütlete, ei tule. Mis siis?" E-Z küsis.

„Siis me sureme koos teiega."

E-Z lõi rusikad lauale.

„Nende nägemine tegevuses paneb mu vere keema. Me peame neid võitma."

„Siin! Siin!" Charles hüüdis.

„Aga kõigepealt," ütles Sam, „pead sa neile lastele ütlema, enne kui sa nad lahingusse saadad. Räägi neile täpselt, kuidas sina ja teised peainglid püüdsid Füüriat võita."

„Me panime neile lõksu, kui avastasime, et nad on tagasi tulnud. See reetis meid, andis meid ära ja siis kolisid nad Surmaorgu. Surmaorg on nüüd peainglitele keelatud."

„Väljaspool piire? Kes selle nii tegi?"

„See on küsimus, millele ma ei oska vastata. Ma tean ainult seda, et tohutult võimsate peainglite meeskond ei suutnud nende poolt püstitatud kaitsebarjääridest läbi murda.“

„See on kõik?“ Brandy küsis. „See on kõik, mida te proovisite, ja te tahate, et me nüüd üle võtaksime. Tõesti.“

Raphael pani käed puusadele: „Me oleme peainglid ja meie võimed maa peal on piiratud.“ Ta naeris: „Meie võimed mujal on samuti piiratud.“

„Okei, okei,“ ütles E-Z. „Me saame aru. Meil ei ole mingit valikut, tegelikult mitte, aga jätke see meile.“

„Väga hea,“ ütles Raphael. „Aga enne kui ma lähen, Charles, tahtsin vastata su küsimusele. Peainglid ei kutsunud ega vabastanud teid. Me usume, et teie siinolek on juhuslik.

„Me ei usu, et ka Fuuriad teavad sinust. Võib-olla oled sa salajane relv. Sul võib olla tohutuid võimeid endas.

„Sa ütlesid, et soovisid, et sind oleks tagasi toodud täisealisena. Sinu tänane vanus on märkimisväärne. Me usume, et lastel on inimkonna tulevik käes. Ainult lapsed suudavad võita puhast kurjust.“

„Aga miks ainult lapsed?“ Charles uuris.

„Sest nad sünnivad puhta südamega," ütles Raphael.

Charles istus oma istmel veidi kõrgemale.

Raphael jätkas: „Charles Dickens, ära karda katsetada ja oma tõelist mina paljastada. Teie sees võib olla uks, mida ainult teie saate avada. Võti.

„Ainuüksi see, et teie, E-Z ja Sami vahel on vereliin, on märkimisväärne. Ärge kartke, riskida kõigega, et leida see võti. Te olete siin, et aidata inimkonda päästa. Selles pole kahtlustki. Kasutage oma aega siin targalt. Tehke midagi ära."

Charles nuttis, sest kuni selle ajani; ta oli tundnud end kasutuna. Teised lohutasid ja rahustasid teda.

„Palju õnne teile kõigile," ütles Raphael.

POW.

Ja ta oli läinud.

„Kui me selle üle elame," ütles Lia, „ja me elame selle üle, siis korraldame suurima võidupidu, mis kunagi toimunud on."

„Charles," ütles E-Z. „Kui Raphaelil on õigus, võid sa olla meeskonna kõige tähtsam liige. Palun võtke aega, et teha väike hingetöö."

„Kuidas, hingeotsing?" küsis ta.

„Meditatsioon on üks võimalus," ütles Brandy.

„Või looduses jalutamine,“ ütles Lachie.

„Üksinda aega, lihtsalt mõtlemine,“ pakkus Alfred.

„Läheme magama ja jätkame seda arutelu hommikul,“ ütles E-Z.

„Ei usu, et ma pärast vaese Tommy vaatamist palju magada saan,“ ütles Lia. „See oli isegi hullem, kui ma ette kujutasin.“

„Jah, vaene väike Tommy,“ nõustus Alfred.

„Nii et kõik on ikka veel sees?“ E-Z küsis.

„JAH“ kostis kõigilt.

„Mis aga Harutoga on?“

„Ma arvan, et ta on ikka veel sees,“ ütles E-Z, “aga ma seletan kõik Sobole ja ta saab temaga läbi rääkida. Ma saan täiesti aru, kui nad loobuvad.“

„Ma ei usu, et nad siiski loobuvad,“ ütles Samantha. „Haruto magab. Ta tundis häbi, sest ta oli liiga noor, et näha seda, mida sa nägid. Nagu oleks ta vähem meeskonnaliige.“

„Sa tegid õigesti, kui sa ta sealt välja viisid,“ ütles Sam. „See, mida me nägime, oli õudne.“

„Ma olen nõus,“ ütles E-Z.

Charles ütles: „Nii et kõik ühe eest ja üks kõigi eest. Nagu „Kolmes musketäri“.“

„Mulle on see raamat alati meeldinud!“ Alfred ütles.

Isegi kõige hullemates olukordades tõmbasid raamatud inimesi alati kokku. Iga PAFHS9 liige lootis, et see on üks asi maailmas, mis ei muutu kunagi.

PEATÜKK 11
DEJA VU

E-Z-l ja Samil ei olnud enam palju aega üksi olla, kuid kumbki ei kurtnud selle üle. Samantha muretses, et nad kaotavad kontakti, ja oli otsustanud asjad korda teha, üllatades neid varajase hommikusöögiga Ann's Café's.

Nad jõudsid kööki samal ajal - sest mõlemad olid saanud tekstisõnumi, et nad peaksid kohe riietuma ja kööki tulema.

„Mis toimub?" küsis Sam.

„Jah, mis on viga?" E-Z uuris.

„Midagi ei ole viga," ütles Samantha. „Teil kahel on broneering Ann's, nii et minge kohe sinna - enne, kui kõik ärkavad ja tahavad teiega ühineda."

Sam suudles oma naist.

„Ma mõtlesin, et on aeg, et ka teie saaksite jälle koos hommikusööki süüa."

E-Z kallistas Samanthat tugevalt.

„Me teeme ise sinna teed?"

„Kindlasti onu Sam."

Sam haaras oma seljakoti, milles oli sülearvuti, ja nad läksid minema.

Oli ilus kevadhommik, kus teel kohvikusse kostis rohkelt linnulaulu.

„See sinu naine on päris eriline."

„Jah, ta on üks miljonist."

Varsti jõudsid nad kohvikusse. See oli peaaegu tühi ja Anni polnud kusagil, kuid E-Z tundis ära tema õe Emily. Ta polnud teda näinud sellest ajast, kui ta oli väike laps.

„Sa pole palju muutunud," ütles Emily, heites käed ümber tema.

„Ka sina ei ole," ütles E-Z summutatud häälel, kui Emily teda oma paksus kampsunis lämmatas. „Ja see on onu Sam."

„Ma näen sarnasust," ütles Emily, raputades kindlalt tema kätt. „Mul on teile ideaalne laud, järgige mulle."

Kui nad möödusid nende tavalisest lauast, kõhkles ta ja heitis pilgu onule. „Kas te ei pahanda, kui me istume hoopis selle asemel Emily?"

„Muidugi!" Emily ütles, asetas hõbedat ja ulatas menüüd. „Kohvi?" Sam noogutas, naine valas talle aurava kuuma kruusi täis.

„Kas sa võtad tavalist?" küsis ta E-Zilt. Mu õde ütles mulle, millised need võiksid olla."

„Kindlasti."

„Ja see oli šokolaadipaks shake, kas mul on õigus?"

Ta oli täpne.

„Ja sina, Sam?" küsis ta. „Mida sa täna võtad?"

„Teeme kaks sellest, mida mu vennapoeg võtab," ütles ta, "aga jäta paks shake alles. Kohv on ainus jook, mida ma täna hommikul vajan."

„Õige-o!" ütles ta ja läks siis kööki.

Sam avas oma sülearvuti ja sulges selle siis jälle.

„Tore on tulla kohta, kus kõik on alati sama," ütles E-Z.

„Ma peaksin Sami ja kaksikud varsti siia tooma. Tahaksin toetada kohalikke ettevõtteid ja see on hea eeskuju Jackile ja Jillile."

„Kindlasti. Sellest kohast on mul ainult häid mälestusi," ütles E-Z. „Aga ühel päeval lähen ma välja ja tellin midagi teistsugust. Ma pean ju oma nõbudele head eeskuju näitama, eks ole?"

Sam naeris ja võttis siis lonksu kohvi. Sekund hiljem tuli Emily ja täitis tassi uuesti. „Tal on justkui silmad tagumikus."

E-Z naeris. Tema mõtted hõljusid teatud teema ümber, mida ta tahtis arutada: Fuuriad. Samas ei tahtnud ta kohe raskesse vestlusesse laskuda.

„Niisiis. Mu naine saab maja täis külalisi, keda toita, kui kõik üles tõusevad."

„Sobo aitab."

„Tõsi, aga ma arvan, et me ei peaks seda ära kasutama. Ma tahaksin, et me saaksime kordaminekut teha, kui sa mõistad, mida ma mõtlen?"

„Kindlasti. Niisiis, asume asja juurde."

Sam klappis jälle oma sülearvuti lahti. Seekord lülitas ta selle sisse ja tippis otsingumootorisse:

Kuidas alistada The Furies.

E-Z noogutas, kui tema silme ette asetati raputamine. Ta proovis kohe natuke oma paksust shake'ist lonksu võtta, kuid see oli liiga paks, et midagi läbi kõrre saada - mis oli just selline, nagu talle meeldis. „Midagi kasulikku?"

„Siin öeldakse, et Erinyesi - ehk fuuriad - saab rahustada ainult rituaalse puhastuse abil."

„Mida see tähendab?"

„Ma arvan, et see tähendab, et sa peaksid sooritama mingi teo - nende nõudmisel, lepituseks."

„Kas lepitamine ei tähenda sama, mis patukahetsus? See ei meeldi mulle," ütles E-Z. „Me ei ole teinud midagi, mille eest neid heastada."

„See võib tähendada ka lunastust. Heastamist. Heastamist. Heastamine."

„Neli R-i, see on meeldejääv, aga ma küsin veel kord, mida me neile tagasi maksame?

„Mõtle kastist välja," ütles Sam. „Mis oleks, kui te saaksite midagi teha, et julgustada neid jalutama ja jätaks lapsed ja hingepüüdjad rahule?"

E-Z naeris. „Kui oleks võimalus, oleks see ideaalne. Samuti liiga lihtne."

Sam kratsis pead. „Siin on kirjas, et Raevud karistasid mehi ja naisi kuritegude eest pärast surma ja eluajal. Mida nad ka praegu teevad - lapsed, mitte täiskasvanud. Ma ei teadnud seda."

„Ma ei saa aru, miks. Miks nad nüüd tagasi on? Mis on muutunud..."

„Kõik suurepärased küsimused, millele ma ei oska vastata,“ ütles Sam. „Aga, oh, siin on midagi huvitavat. See ütleb, et saatuse jumalannadena takistasid nad inimestel tulevikku tundma õppida.“

„Kuidas täpselt?“

„Ei ole öeldud,“ ütles Sam, just siis, kui Emily jõudis taas kohvitassi värskendama. „Lihtsalt natuke,“ ütles ta. Ta kartis, et ujub koju, kui ta veel rohkem kohvi joob.

„Sinu hommikusöök tuleb kohe,“ ütles naine. „Loodan, et sa oled näljane!“

„Kindlasti oleme,“ ütles E-Z, kui ta püüdis jälle oma paksu shake'i juua ja suutis natuke läbi kõrre üles saada.

Emily naeratas ja läks siis uusi kliente tervitama.

„Enne seda kõike,“ ütles Sam, “polnud ma The Furiesist isegi kuulnud. Siin öeldakse, et nii Kreeka kui ka Rooma mütoloogias olid nad õigluse ja kättemaksu vaimud. Nende teine nimi Erinyes tähendab vihaseid.“ Ta keris alla. „Ma näen mängumaailmas paar mainimist. Ükski nende kirjeldamiseks kasutatud omadussõnadest ei ole vastuolus sellega, mida me juba teame, st et fuuriad on kurjad pahaendelised olendid, kes ei näita halastust.“

„Ma soovin, et PJ ja Arden oleksid meiega tagasi. Nende mängude võlurite teadmistega teaksid nad kindlasti, mida teha. Sellest ajast saadik, kui me nad kaotasime, olen ma ennast peksnud, et kaotasin kontakti. Kõik sellepärast, et ma muutusin liiga enesekeskseks superkangelaseks olemisega. Ma tunnen neist poistest kindlasti puudust.“

„Nad ei tahaks, et sa ennast peksaksid. Ja ma igatsen neid ka näha.“

Emily pani toidu lauale. „Nautige!“ ütles ta.

E-Z ja Sam sõid ahnelt, ei rääkinud mõnda aega. Pärast rohkeid toidulaua nautimise hääli jätkasid nad oma vestlust.

„Ma just mõtlesin plaanile - võita neid mängu sees. See kõlas kindlasti hästi - või me arvasime nii, kuni Raphael meile vastupidist ütles. Hea, et ta meile otse ütles, muidu... noh, ma ei taha isegi mõelda, mis oleks võinud juhtuda mõne lapsega.“

„Ma mõtlen ikka veel, et Furidel peab olema Achilleuse kand. Kas sa mäletad seda lugu?“

„Mäletan küll. Kui neil on nõrk koht, siis ma ei tea, mis see on. Me teame, et nad on surelikud nagu meiegi. Kui nad võivad surra, nagu meiegi, siis on vähemalt võrdsed võimalused.“

„Keskendume natuke rohkem nende nõrkadele kohtadele: viha, pahameel, kättemaks.“

„Need on samad asjad, mille eest nad teisi karistavad, nii et kuidas saab see olla nende nõrkus?“ E-Z küsis, kui ta toppis endale kahvlitäit pannkooke suhu. „Nii, hea.“

Sam noogutas: „Kindlasti on nad seda.“ Ta jõi veel ühe lonksu kohvi. „Tõsi, mis tähendab, et me võime kasutada nende vastu samu asju, mille eest nad teisi karistavad.“

„Aga kuidas?“

„Seda ma ei tea - veel.“

„Me võime vajada rohkem kui ühte sellist koosviibimist, et asjad läbi töötada,“ ütles E-Z. Tema teine taldrik täis pannkooke oli tema ees lauale asetatud.

„Ann helistas just ja käskis mul hoolitseda, et ma tooksin sulle teise partii pannkooke,“ ütles Emily.

„Aitäh. Ja ütle Annile, et ma loodan, et ta tunneb end varsti paremini.“

„Annan. Veel kohvi?“

Sam noogutas, nii et naine täitis tema tassi uuesti. Kui Emily lahkus, ütles ta: „Uh, tulen kohe tagasi“, ja läks vannituppa.

E-Z keeras ekraani enda poole ja tippis sisse:

KUIDAS MA TAPAN FUURIAD?

Mõned vastused hüppasid üles, kuid need olid kõik seotud sellega, kuidas võita kolm jumalanna kui mängumaailma tegelaskuju.

Sam tuli tagasi. „Leidsid midagi?"

„Mitte midagi kasulikku. Kuigi seal öeldakse, et Fuuriate juured võivad ulatuda kuni eelajaloolise ajani tagasi."

„Noh, Beebi suguvõsa ulatub samuti üsna kaugele tagasi."

„Sa oleksid pidanud nägema, kui kiiresti ta selle tulekuuli ära neelas! Sekunditki kõhklemata."

Kui nad olid oma söögi lõpetanud, tänasid nad Emily't ja läksid koju. Nad olid nii täis, et ei uskunud, et nad enam kunagi söövad.

„Kindlasti oli tore veeta hommik teiega," ütles E-Z. „Tundus nagu vanasti."

„Kindlasti. Teeme seda varsti uuesti. Seniks mõtleme rohkem sellele, mida me täna õppisime, sest nagu ütleb vana ütlus - kus on tahe, seal on ka tee."

„Tõsi, tõsi, onu Sam. Tõsi, tõsi."

PEATÜKK 12
MAJAS

Kuinad tagasi majja jõudsid, heitis Sam esimese asjana oma naise ümber käed. Naine oli rõõmus teda nähes, kuid tema käed olid hommikusöögi valmistamisega hõivatud.

„Tore, et sulle meeldis," prõksatas Samantha.

„Kas ma saan kuidagi aidata?" Sam küsis, kui ta hindas olukorda kaksikutega.

„See kõik õnnestub," ütles Samantha, kui tema taga kaksikud vinguvad.

Peamiselt seetõttu, et Haruto oli hetkeks peatunud oma versiooni hon no piku mängimisest, mis tõlkes tähendab piilumist. Haruto versioonis tegi ta nägu, siis keerutas ta väga kiiresti, kuni kadus, siis ilmus ta uuesti ja kaksikud kikerdasid.

„See on väga loominguline!" ütles Sam, kui Lachie astus meelelahutusliku rolli üle.

Lachie läks kohe paari loomaimitatsiooni juurde ja sai kaksikutelt kiidusõnu, kui ta naeris nagu kookaburra:

Koo-koo-koo-kaa-kaa-KAA!-KAA!-KAA!

Siis oli Charlesi kord meelelahutuslikuks teha oma lugu nimega „Kolm kivi" (The Three Boulders).

„Iwa?" ütles Haruto, mis tõlgituna tähendab kaljusid.

„Jah," ütles Charles, kui E-Z ja Sam taandusid ukse taha, et samuti lugu kuulata, kuna Alfred, Sobo, Brandy, Lia ja Samantha jätkasid toiduvalmistamist.

„Ükskord," alustas Charles, "oli üks küngas, kõrgel La Manche'i kanali kohal. Selle peal oli palju, palju kive. Tegelikult liiga palju, et neid kokku lugeda.

„Ühel konkreetsel päeval veeres suur ja raske veoauto mäest üles, krigises ja kirtsutas käike, kui ta läks. Kui ta jõudis tippu, võttis ta kasutusele lohkekivide tõstja, mis võitles iga kivitüki raskusega. Tundide jooksul õnnestus tal koguda kokku nii palju kive kui võimalik. Kuni veoauto tagaosa oli täis. Kuid mitte ülerahvastatud. Ületäitmine tähendas, et liikudes veoautolt veerevad kiviklibud maha, mida tuli iga hinna eest vältida.

„Veoauto sõitis mäest alla. See tühjendas paekivid teise suuremasse veoautosse. Veoauto, mis oli liiga suur, et üldse mäest üles sõita, ja millel puudus tõstemehhanism. Kui väiksem veoauto oli jälle tühi, sõitis ta tagasi mäest üles. Varsti oli see jälle täis kive.

„See protsess kestis mitu korda, kuni suurem veoauto oli tippu täis. Kõik ülejäänud kivid tuli transportida väiksema veoautoga. Nüüd, kui mõlemad veoautod olid täis, oli raske töö lõpetatud. Nii et oli lõunaaeg. Ja mehed sõid oma võileibu ja jõid termosed täis kuuma, magusat teed.

„Tagasi üles kalju tippu jäi vaid kolm üksikut lohku. Nad olid kurvad, sest olid kaotanud oma sõbrad ja tundsid end tagasilükatuna, ebasoovituna, mittevajalikuna ja üsna vihastena üheaegselt. Liiga palju emotsioone korraga tundes võib olla segadust tekitav, kuid tunnete jagamine sõpradega, võib aidata, nii et kolm kaljut arutasid oma rasket olukorda.“

„Mida nad kõik meie sõpradega teevad?“ küsis esimene lohk, kelle nimi oli Rocky.

„Ma ei tea,“ ütles teine kivi, kelle nimi oli Pebbles. „Võib-olla on neil ka sõpru vaja sinna, kuhu nad lähevad. Mulle jääb neist kindlasti puudu.“

„Ei," ütles kolmas kivi, kes oli vanem ja targem ja kelle nimi oli Craggy. „Nad ei vii neid maailma vaatama. Ka mitte nende sõpradeks. Kas sa ei tea, et nad purustavad meid, et teha oma teid."

„Ei!" Rocky ja Pebbles hüüdsid. „Nad ei saa meie sõpru puruks lüüa!"

„Ma soovin, et nad oleksid ka mind võtnud," ütles Craggy. „Ma olen liiga vana, et siin kogu selle ränga ilmaga istuda. Karmid tuuled murravad mu välimise kihi läbi ja ma ei viitsiks oma tulevikku teekonnana veeta. Siis oleks mul vähemalt eesmärk."

„Eesmärk?" Rocky hüüatas. „Sa nimetad eesmärgiks seda, et sind iga päev ja igal öösel purustatakse ja sõidukid sõidavad üle?"

„See on parem, kui siin igavesti istuda, ainult me kolmekesi. Ma olen väsinud tuulest ja vihmast ja kõigest muust," ütles Craggy.

„Noh, kui sa oled nii innukas," ütles Pebbles, "siis ei ole vaja muud teha, kui end servast alla veeretada. Sa kukuksid otse all oleva veoauto tagaossa ja lendaksid koos meie ülejäänud sõpradega minema."

„Oh, see on liiga kaugel," ütles Rocky, kui ta end servale veidi lähemale veeretas. „Kas sa tõesti tahad meid nii väga maha jätta? Kas sa ei leia eesmärki, jäädes siia meiega koos? Me vajame sind. Sa oled vanem ja targem.“

Craggy liikus serva poole ja piilus üle külje. See oli tõsi, veoauto oli sealsamas. Mõned higihelmed tilkusid alla. Kas need olid higi- või pisarahelmed.

„See on kohutavalt pikk tee alla,“ ütles Craggy. „Ja minu poolt ei oleks õige teid kahte noorukit üksi jätta.“

Pebbles ütles: „Ja mis siis, kui te ei tabanud veoautot ja kukkusite seal allapoole tükkideks! Meie oleksime siin üleval, selle imelise vaatega, ja teie oleksite seal all üksinda.“

„Pealegi,“ ütles Rocky, “võivad nad ühel päeval meie järele tagasi tulla. Seniks võime me vestelda, nautida vaadet ja värsket õhku.“

Nende all käivitus uuesti veoauto.

CHUGGA CHUGGA VROOM, VROOM.

„Nüüd või mitte kunagi,“ ütles Craggy, kui veoauto eemaldus.

„Vähemalt oleme koos,“ ütles Rocky.

„Kolm kaljupoega surusid õlg õla kõrval kokku. Nad pöörasid selja tuule poole, hingasid värsket õhku ja vaatasid horisondil loojuvale päikesele kaunist vaadet.

„Loo moraal on see,“ alustas Charles...

Need olid viimased sõnad, mida E-Z kuulis, enne kui ta oli taas selles neetud silos.

PEATÜKK 13

SILO

Tere tulemast tagasi!" ütles hääl seinas ülevoolavalt, mis pani E-Z õlad pingule tõmbuma, nagu oleks keegi nende peal seisnud. Vastumeelselt vastates veeretas ta õlgu esmalt ettepoole, siis tagasi, lootes pinget leevendada.

„DOT. DOT," ütles teine hääl seinas, kuid seekord oli hääl vaiksem, peaaegu sosinal.

Ta avas suu, et vastata, kuid talle ei tulnud midagi pähe, nii et ta jäi vait, välja arvatud sõrmede kriginat, mis, nagu ta lootis, leevendaks tema pinges keha.

Esimene hääl küsis rahustavama tooniga: „Ma näen, et sa oled pinges, mures. Kas ma saan teile midagi pakkuda, millega saaksite oma ootamise ajal aega veeta? Jooki? Raamatut? Mõnda reisimist teie mõtetes?"

Naine oli väga tähelepanelik selleks, et olla hääl seinas, ja see aitas tal veidi lõdvestuda, kuid ta ei tahtnud siiski naise pakkumist vastu võtta, kuna tal polnud aimugi, mida meelereis tähendaks.

„Ma näen, et sa kõhkled...“

Ta istus sirgelt ja püsti oma toolil ning trummeldas sõrmedega käepidemetel, nagu rokkiks ta Deep Purple'i „Smoke on the Water“ saatel. Ta ja tema isa olid seda Guitar Hero vananenud versioonil duubeldanud ja neil oli olnud lõbus. Kui ta seda hetke nüüd meenutas, tundis ta, nagu oleks isa temaga koos silo sees.

„Oled sa kindel, et sa ei taha oma mõtetes reisi?“ küsis naine seina sees uuesti. „Sul saab olema lõbus!“

Hullus. Ta oli just kasutanud seda sõna oma mõtetes, et kirjeldada Guitar Hero-mängu koos oma isaga. Kahtlemata oskas naine seinas tema mõtteid lugeda.

„Äh, mis see täpselt on?“ küsis ta. „Ei ütle, et ma tahan seda proovida, mitte enne, kui ma rohkem tean, mida see hõlmab.“

„Miks, see on koht, kuhu ma võin sind saata. Eriline koht, kus sa saad elada unistust.“

See kõlas uskumatult... ja enne, kui ta jõudis vastata...

DUH DUH DUH DUH,

DUH DUH DUH DUH DUH

DUH DUH DUH DUH

DUH DUH.

Ta oli laval, mängis kitarri, koos bändiga, mille ta kohe ära tundis kui originaalse Deep Purple'i.

Laulja, kes oli bändist lahkunud, kuid mängis Smoke in the Wateril originaalset kitarri, ei paistnud pahandavat, et E-Z mängis nüüd oma osa ja ei teinud seda ka kehvasti. Laulja tõstis talle pöidlaid ja kõndis siis üle lava sinna, kus E-Z istus oma ratastoolis. Koos mängisid nad paar riffi, samal ajal kui publik karjus, juubeldas ja aplodeeris. Järgmine asi, mida ta teadis, oli ta taas silo sees, kuid pingeline tunne, mida ta oli varem kogenud, oli nüüd täielikult kadunud.

„Aitäh! Uh, see oli kuradi fantastiline! Ma ei oska öelda, kui palju see mulle tähendas. Ma ei unusta seda kunagi. Kunagi!" Ta kõhkles ja mõtles, et ainus asi, mis oleks seda paremaks teinud, oleks olnud see, kui tema isa oleks olnud seal laval koos temaga.

„Vabandust, et ma ei saanud su isa kaasata… aga see oli ainult eelvaade. Ja sa oled väga teretulnud. Ja nüüd istu rahulikult. Ooteaeg on üks minut.“

„Ma arvan, et päris asi lööks mind siis õhku!“ E-Z ütles, kui ta pea tagasi nõjatus ja elas uuesti läbi selle kogemuse, tundes end juba nii täiesti lõdvestunult, et oleks võinud uinuda.

PFFT.

Lõhn oli seekord teistsugune, piparmünt ja midagi muud, mida ta ei osanud päris täpselt kindlaks teha.

„See on rosmariin,“ ütles hääl seinast.

„Üsna värskendav.“ Ta silmad olid suletud ja ta oli mõtetes triivimas, kui katus tema pea kohal avanes. Ta raputas pead, avas silmad, valmistudes järgmiseks.

Valguskiired särasid metallkonteinerisse, põrkusid ja põrkusid seinast seina. Ta kattis silmad, et kaitsta neid rahutava valgusshow eest. Kui põrkuvad valgusvihud lõppesid, kukkus läbi avatud katuse sisse üks kuju. Millise sissekäigu ta oli teinud. See oli Raphael.

„Uh, tere,“ ütles ta. „See oli päris suur sisenemine.“

„Mind on edutatud,“ tunnistas peaingel, “ja teatud õhinat on vaja. Võib-olla veidi üle jõu käinud, aga see on suhteliselt uus edutamine. Kõikidel edutamistel on õppimiskõver."

„Õnnitlused edutamise puhul."

„Aitäh, nüüd aga asume selle juurde, miks te siin olete."

„Muidugi."

E-Z ootas kannatlikult, et Raphael uuesti sõna võtaks, kuid mõnda aega ei rääkinud. Selle asemel lendas ta ringi nagu lind, kes katsetab esimest korda oma tiibu. Kas ta uhkeldas? Kui jah, siis miks? Siis nägi ta seda, ta kandis uhiuut prille. Need olid suuremad, erilisema välimusega, suurema raami ja paksemate läätsedega ning tegid ta välja nagu härra McGoo naissoost versioon.

„Uh, kena prillid," valetas ta.

„Need ei olnud minu esimene valik," tunnistas Raphael, "aga need peavad sobima." Ta liikus lähemale, kus mees istus, ja hõljus. „Tundub." Ta peatus ja liikus ebamugavalt ringi.

SKIDOO

Kohale jõudis tool, kuhu ta istus korraks.

SKIDOO

Ja see oli kadunud. Ta hõljus uuesti. Asetas oma lahtise peopesa küljele. „Mõned asjad on meile teatavaks tehtud. Ma ei mõtle seda kuninglikus mõttes, ma mõtlen seda nagu kõik peainglid.“

„Nagu?“

Taas võpatas ta.

„Kas ma peaksin paluma seina pihustada veidi lavendlit, et sind lõdvestada? Sa tundud üsna pinges olevat.“

Siis oli ta talle näkku kriiskamas: „LAVENDEL EI TOIMI ARHANGEELIDELE! See on vastik, inimlik…“ Ta hingas sügavalt sisse. „Mul on väga kahju.“

„Pole midagi. Ma saan aru, et sul on halbu uudiseid öelda. Parem on rihma ära rebida. Mida ma mõtlen, ütle mulle lihtsalt otse.“

„Hea küll. Siit läheb.“

E-Z kummardus lähemale: „Okei, pista.“

Seina kõlaritest kõlas laul, midagi šeriffi tulistamisest.

Ta summas esialgu kaasa: „Stopp!“ E-Z käskis. „Ja ütle mulle, miks ma siin olen.“

„Ta tahab kohe asja juurde tulla,“ ütles Raphael endale. „Noh, siis siin see on. Ma lähen kohe asja juurde.“

„Okei, tee sa seda.“ E-Z ütles, soovides, et ta seda teeks.

„Lühidalt öeldes," ütles ta, "Eriel on tabatud punase käega - mängib mõlemale poolele."

„Mängides mida?" Siis tiksus midagi tema peas. „Ei, sa ei saa ju mõelda, et ta reetis meid?"

Ta koputas oma luitunud sõrmega lõuale, samal ajal kui E-Z avas ja sulges suu nagu minnow veest.

„Jah. Eriel oli isiklikult vastutav teie sõbra Rosalie hukkumise eest. Samuti oli ta vastutav Valge Toa hävitamise eest. Kõik tema. Kõik Eriel."

E-Z võttis selle kõik endasse. Vaene Rosalie. „Oota! Kas ta ei töötanud mitte sinu heaks? Ma mõtlen, kas sa ei olnud tema eest vastutav? Kuidas võis see juhtuda sinu valve ajal? Ma olen lugenud mõningaid asju peainglite kohta, aga reeta lapsi, kes vabatahtlikult sind abistavad, on nii madal, kui madalale saab minna. Ma arvan, et leopardid ei vaheta oma täkkeid."

„Ma ei vastutanud Erieli eest. Tema ja mina olime töökaaslased, seltsimehed. Me töötasime koos ja ma arvasin, et austasime teineteist. Ma eksisin."

„Ja ometi edutati sind."

„Mind edutati, aga need kaks asja ei olnud otseselt seotud. Kõik, mida ma võin öelda, on see, et Eriel oli kunagi üks meist, nüüd ei ole ta seda enam. Pärast seda, kui ta reetis meid ja sind. Pärast seda, kui ta on pööranud selja oma põhimõtetele - kõigele, mille eest me seisame -, on ta väljas. Ma mõtlen, et jäädavalt väljas."

E-Z haigutas. „Sa tahad öelda, et Eriel on meid paljastanud? Meie all mõtlen ma mind ja minu meeskonda?"

„Michael, kes on meie juht, on Erieli küsitlenud. Oli vaja teha mõningaid pingutusi, et teda rääkima panna. Aga ta on tunnistanud, et tõi Raevu tagasi Maale. Et ta kasutas neid oma positsiooni edendamiseks. Lunastust ei ole. Erielile pole andestust."

„Ma olen sõnatu. Kuidas see juhtus?"

„Kuidas?" "Noh, kui me teaksime, kuidas, siis me teaksime, miks - mida me ei tea. Mida me teame, on see, et ta on Eriel ja Eriel teeb alati seda, mis on Erieli jaoks parim. Me teadsime, et tal on probleeme, ja ometi andsime talle jätkuvalt võimalusi end tõestada - ja kui ta meid alt vedas - andestasime talle ja andsime talle veel ühe võimaluse ja veel ühe võimaluse. Me jätkasime temasse uskumist kuni praeguseni. Ta on lõpetanud. Valmis."

„Valmis? Sa mõtled, et surnud? Kas peainglid surevad? Ja miks sa talle nii palju võimalusi andsid? Kas sa ei tea ütlust, et kolm lööki ja oled väljas?"

„Jah, ma olen seda pesapalliterminoloogiat kuulnud, aga me oleme peainglid ja me kõik eeldame, et me ebaõnnestume või langeme mingil tasandil tagasi. Ja sul on õigus Eedeni aia vahejuhtumi suhtes. Meie ajalugu ulatub kaugele tagasi... aga me arvasime, et meil läheb paremini, me paraneme. Ma ise olen noorte patroon, nagu teie ja teie sõbrad.

„Sellepärast ma tegin ettepaneku, et me teeksime teiega koostööd, et võita need kohutavad fuuriad. Miks, see oli Eriel, kes julgustas mind seda tegema. Tema on see, kes teid avastas. Kes saatis Hadzi ja Reiki sinu juurde. Kuni nende kohutavate õdede saabumiseni lisasime me midagi positiivset teie kõigi ellu... Me andsime teile eesmärgi. Mäletate neid aegu, kui tahtsite alla anda? Te ei andnud, sest me aitasime teil edasi minna.“

„Okei, ma saan aru, et Eriel on pahalane. Mida see tähendab minu ja mu meeskonna jaoks? Sealt, kus ma istun, on meie missioon ohustatud. Nii et me oleme väljas ja ma arvan, et te peaksite edasi liikuma plaan B juurde.“

„Probleem on selles,“ ütles Raphael ja peatus siis, kui lagi üleval uuesti avanes ja Ophaniel saabus ilma igasuguse õhinata, kui ta nende poole alla hõljus.

„Pole ammu näinud," ütles Ophaniel E-Z'ile suunatult. Siis Raffaeli poole: „Kas ta on kursis?"

„Jah, on. Ja mul on kindlasti hea meel, et sa siin oled, sest ta tahab teada, mis on meie plaan B."

Ophaniel noogutas. „Väga hea. Et öelda nii selgelt kui võimalik, siis meil ei ole plaani B ega C ega D - sest sina ja su meeskond olid kõik meie plaanid ühes."

E-Z raputas uskumatult pead. „Kas te peainglid pole kuulnud fraasi, et ärge pange kõiki mune ühte korvi?"

Ophaniel naeris. „Jah, see pärineb Cervantese tegelaskujust Don Quijote, aga minu jaoks pole see kunagi mõttekas olnud. Võimalik, et sellepärast, et meie, peainglid, ei söö mune. Ainuüksi mõte nende tarretisest jämedusest - iih - paneb mind oksendama."

„Mina ka," ütles Raphael, kattes oma suu käeseljaga. „Lisaks nende vastikule välimusele, miks peaks üldse mune korvi panema? Miks mitte kaussi? Kui te valmistate mune..."

„Nõus," ütles Ophaniel. „Ma olen näinud, kuidas Jamie Oliver omletti valmistab. Ta kasutab kõigepealt kaussi, siis küpsetab neid."

„Oh, vend ja ma ei suuda uskuda, et te peainglid üldse televiisorit vaatate, rääkimata Jamie Oliverist." Ta raputas pead. „See tähendab, et kui sa paned kõik munad kokku, ühte kohta - näiteks korvi või kaussi või pannile või mida iganes sa eelistad -, kui sa korvi või kaussi või pannile kukud - siis kõik munad lähevad katki ja rikuvad koorega ära - nii et sul ei ole hommikusöögiks mune."

„Aga kas kanad ei mune iga päev? Nii et kui sa täna mune ei saa, siis tule lihtsalt homme tagasi," ütles Ophaniel.

„Mis on üks päev ilma munata?" Raphael uuris.

E-Z avas käe ja lõi selle vastu pead. „Argghh!" Peainglid vaatasid teda ja ootasid, kui ta hingas väga sügavalt sisse ja hingas siis väga valjusti välja. „Mida me selle Erieli olukorraga ette võtame?"

„Esiteks," ütles Ophaniel, "siin on täna teie erisoovist naasevad, trummikella - teie kaks sõpra..."

POP

POP

Hadz ja Reiki, või see, mis meenutas kahte wannabe-inglit, jõudsid kohale. Nad olid pealaest jalatallani tahmast mustaks värvitud. Nende kroonlehed olid viltused, rebenenud, mõned olid avatud ja ülespoole, mõned olid surnud ja kuivanud. Nende tiivad rippusid, nagu oleksid nad unustanud, kuidas lennata, või ei oleks enam tahtmist, ja nende näod, nende näoilme oli äärmiselt meeleheitlik.

„Mis nendega juhtus?" küsis ta.

Ophaniel liikus kahele tõrjutud wannabe-inglile lähemale ja nad tõmbusid tagasi.

„Te olete nüüd ohutud," ütles Rafael pehme emaliku häälega, mis pani nad nutma puhkema, mis muutus nutuks.

Ophaniel kattis kõrvad, liikus siis E-Z-le lähemale ja sosistas. „Eriel pani nad vangi. Seekord võttis meil aega, et neid üles leida. Vaesed ei saanud end aidata, sest ta võttis neilt võimed ära."

„Vaesed," ütles E-Z.

E-Z, Ophaniel ja Raphael pöördusid olendite poole. Hadz ja Reiki püüdsid naeratada. Nad ei jõudnud isegi lähedale.

Need kaks rüselesid ringi, nagu tõrjuksid nad hukkunute karja.

„Olge paigal," ütles Ophaniel.

Hadz ja Reiki lõpetasid liikumise. Nüüd istusid nad nagu paar räpaseid nukke, silmad fikseeritud millelegi ja kellelegi. Nad olid vaid vari oma endisest endast.

„Ma ei taha olla ebaviisakas," sosistas E-Z, „aga oma praeguses olekus pole neist meile suurt abi. Seda juhul, kui sa suudad meid veenda, et me sellistes tingimustes selle plaaniga jätkame.“

E-Z sõnad tabasid kahte wannabe-inglit nagu kõrvakiil.

POP

POP

„Kui väga ebaviisakas ja ebavajalik julmus!“ Ophaniel kirus enne, kui ta kadus.

ZAP

„Sa näitasid meile oma iseloomu väga julma külge E-Z Dickens ja kui su ema ja isa oleksid siin, siis nad häbeneksid sind.“

„Vabandust,“ ütles E-Z, “aga ära sa mulle kunagi mu vanematest räägi. Teile, peainglid, on nad keelatud. Mõistate?“

Raphael noogutas.

„Pealegi ei tahtnud ma nende tundeid haavata. Loomulikult võime neid kasutada. Kui me peame võitlema Raevude vastu, siis vajame kogu abi, mida saame. Tulge palun tagasi, Hadz ja Reiki. Andke mulle veel üks võimalus.“

Ei midagi.

E-Z proovis uuesti. „Tulge tagasi ja te olete meie meeskonna teretulnud liikmed.“

POP

POP

Paar oli nüüd puhas ja korrastatud nagu vanasti.

„Tere tulemast tagasi," ütles E-Z.

Hadz ja Reiki lendasid tema juurde. Kumbki võttis koha ühe tema õlgadel. Nad värisesid, tahtmatult, omaenda varju kartes.

„Kõik saab korda," ütles ta. „Me toetame teid nüüd, kui te olete meie meeskonna liige."

Nad püüdsid naeratada ja ta hindas seda pingutust.

„Niisiis," ütles E-Z, "mida täpselt Eriel rääkis Raevudele meie kohta?"

„Ta ütles neile, et me saadame lapsed neid võitma - see on kõik."

„Seda ta sulle ütles? Kuidas me teame, et ta ei valeta? Ja kuidas me saame teada, mis on The Furiesi lõppmäng?"

„Me arvame, et teame, et The Furies ja Erieli lõppmäng oli Maa kontrollimine. Nad kavatsesid lüüa MAA PAUSI ja muuta selle Uueks Hadesiks, st põrguks maa peal. Kus nad saaksid valitseda, moodustades meeskonna hingedest, kes oleksid nende armu all. Jah, nad laseksid hinged vabalt ringi rändama, kuid kui nad saaksid oma vabaduse - nad peaksid sellest loobuma.“

„Miks nad oleksid nõus sellest loobuma?“ küsis ta.

„Sest inimesed, isegi inimhinged ei suuda vabaduse mõistet töödelda. Selle asemel eelistavad nad olla piiratud. Vabaduse puudumine on inimese turvatekk.“

„See on vale,“ ütles E-Z. „Teeb mind nii vihaseks! Meie, inimesed, oskame oma vabadust hinnata. Me armastame loodust, võimalust hingata õhku, jagada oma mõtteid ja tundeid teistega, hinnata maailma ja kõike, mis meil selles on.“

„Piisavalt vihane, et võidelda oma vabaduse ja teiste vabaduse eest?“ Ophaniel ütles.

E-Z polnud isegi märganud, et ta oli tagasi tulnud.

„Jah,“ ütles ta. „Aga ütle mulle, et selles nende uues maailmas valivad nad ainult neid hingi, keda nad saavad kontrollida. Mis juhtuks teistega?“

„Nad hõljuksid igavesti ringi, ilma koduta,“ ütles Raphael. „Selles nende uues maailmas kaotataks surmajärgne elu. Maa oleks igavesti pausi seisundis. Hinged jääksid kehadesse, mis ei oleks enam elus ega surnud. Ükski süda ei lööks enam. Enam ei sünniks armastust ega lapsi. Mitte ühtegi hinge, kes tõuseks - enam - kunagi.“

E-Z jäi vaikselt mõtlema, võttes kõike seda arvesse.

Hääl seina sees küsis: „Kas keegi soovib värskendust?“

„Ei, aitäh,“ ütles ta, kuid oli õnnelik katkestuse üle, sest see tõi ta tagasi hetke juurde. „Ma saan aru, milleks Eriel Raevu kasutas. Fakt on see, et ta on peaingel nagu sina, ja sa teadsid, et tal on probleeme, kuid andsid talle ikkagi võimaluse teise järel, isegi kui ta seda ei väärinud. Nii et nüüd ma imestan, miks peaksime meie, mina ja minu meeskond, parandama seda, mida üks teie enda peaingel on ära rikkunud?“

„Sest...“ Raphael alustas.

„Ma ei olnud veel valmis,“ ütles E-Z, “enne kui sa ja Eriel käisid minu kodus, kui ta kohtus minu perekonnaga ja teiste meeskonnaliikmetega, arvasime, et ta on meie poolel. Ta nägi, kus me elame. Ta teab meist kõike. Me oleme tema tõttu suures ohus.“

„See on tõsi,“ ütles Ophaniel.

„Vaieldamatult ja meil on väga kahju,“ ütles Raphael.

„Käske Erielil neid tagasi kutsuda. Ta lõi selle segaduse ja ta peaks selle ära parandama.“ Ta lõi oma suletud rusikad tooli käetoele, mis pani Hadzi ja Reiki hüppama ja värisema. Ta patsutas wannabe-inglitele pähe. „Kõik on korras, mul on kahju, et ma teid ärritasin."

„Bravo!" Hadz juubeldas.

„Hurraa!" Reiki hüüdis.

Raphael ja Ophaniel ütlesid üheskoos: „Eriel on sügaval maa sisemuses kinni. Ta on kohas, kuhu ükski inimene ei tohiks julgeda minna. Ühesõnaga, temani ei pääse ligi."

„Aga me põgenesime kunagi kaevandustest," ütles Reiki.

„Kaks korda," ütles Hadz.

„Ta ei ole kaevandustes, ta on teises kohas, kaugemal, mitte nii sügaval kui tulekahjudes, aga teises kohas, kus on nii külm, et kõik muutub jääks, isegi veri voolab soontes. Koht, kus ükski inimene ei saaks ellu jääda!

„Eriel on ka seal jõuetu, sest tema on ära võetud. Ta on luku all, ta ei näe kedagi. Ei kuule midagi. Teda ei lasta sealt kunagi välja - KUNAGI."

„Ma tahan temaga rääkida," ütles E-Z. „Mul on vaja esitada talle küsimusi - küsimusi, millele ainult tema oskab vastata."

Raphael ja Ophaniel karjusid: „Sa ei saa! Sa ei tohi!"

„Siis ma võtan oma meeskonna toetuse tagasi. Palun saatke mind tagasi koju. Haruto ja teised võivad naasta oma perede juurde." Ta lõpetas rääkimise, kui PJ ja Arden vilksatasid tema meeles. Kui ta midagi ei teeks, jääksid nad koomale, võib-olla igavesti.

Ta mäletas kõiki kordi, kui nad teda olid aidanud. Tema esimene päev ratastoolis tagasi koolis. Seda, kui nad ta uuesti pesapalli mängima panid - kõik meeskonna poisid olid teda väljakul tervitamas. Kui nad aitasid teda läbi, kui tema vanemad surid. Pisar kukkus tema põsele. Ta pühkis selle ära.

„VÕTA TEMA!" hääl seinast kostis.

Siis muutus ta äkki väga, väga külmaks. Nii külm, et ta kujutas ette, kuidas veri tema soontes tõepoolest jääks muutub.

PEATÜKK 14
ERIEL JÄÄL

All üksi. Nii väga üksi. Ja nii külm, nii väga väga külm. Ta oli nagu õõnsas jääkuubikus. Kui ta sisse hingas, täitis jää tema kopsud.

Ta läks ääreni. Ta hingas sellesse sisse. See udus. See ei olnud jääkuubik; see oli klaasist kuubik. Ja seal oli käepide. See nägi välja, nagu oleks see tehtud medalist. Kartes, et tema nahk jääb selle külge kinni, kasutas ta oma särki ja avas selle.

See, mis seal sees oli, oli kollektsioon sooje tekke, tekke, kardiganid, mütsid, kindad - kõik. Ta sirutas end sisse ja kihutas end üles.

Kui ta käed kardiganisse pistis, lendas ta mõte tagasi aega, mil tema isa kandis suusareisil sarnast kampsunit. See oli roheline, nagu ka see siin, ja väljastpoolt tundus see kriimustavalt, kuid seestpoolt oli see soe nagu röstsai. Kui ta selle enda ümber tõmbas ja esiosa kinni nööpis, täitis isa lemmikrohvi lõhn tema ninasõõrmeid. lõhnas isa habemeajamisvedeliku lõhna. lõhnas isa habemeajamisvedeliku lõhna selles. Tugev déjà vu tunne valdas teda, kui ta pistis sõrmed paari mustadesse sametkindadesse - kindad, mille kohta ta vandus, et need olid kuulunud tema isale. Need ei saanud aga olla, sest kõik oli tulekahjus hävinud. Ta mähkis käed enda ümber, püüdes end soojendada. Arvates, et külm võttis tema keha ja meele üle.

Ta lükkas mõned muud esemed kõrvale, avastades kasti põhjas teki, mille ta kohe ära tundis. Käsitsi kootud, tema ema poolt öösiti diivanil ja kui see valmis sai, võttis see oma koha - nahkdiivani seljatoele. Filmiõhtute jaoks ja silmade katmiseks, kui midagi hirmuäratavat juhtuks.

Ta võttis kindad ära ja puudutas seda, et näha, kas see on tõeline, ja siis hõõrus ta seda vastu põske. Tema ema lilleline parfüümilõhn jõudis temani, lohutas teda. Pisar jooksis mööda tema põske, kui ta kindad uuesti peale pani, siis mähkis ta ema teki ümber oma isa kardiganile. Ta kandis tekki nagu kapuutsi ja vaatas ümbrust.

Tema pea kohal, kuid teravate piikidega allapoole osutades olid igas suuruses ja kujuga jääst valmistatud stalaktiidid. Kui üks neist maha kukkus, läbistasid need tema kolju ülaosa ja kandusid läbi tema varvaste juurde. Ta soovis, et tal oleks ehitusmüts -

BINGO

Ja tema pähe ilmus kollane ehitusmüts, siis veel üks ja veel üks ja veel üks. Ta tundis end nagu Curious George ja naeratas. Nüüd oli ta kõigeks valmis.

Ta otsis ust, liikudes mööda kuubiku seinu. Ühtegi käepidet ei olnud näha. Millisesse vanglasse nad olid ta visanud?

Lõpuks leidis ta paremal seina keskel servad. Ta võttis kinda maha ja kraapis sõrmeküüntega pinda, mille kohta ta peagi avastas, et see on aken. See, mida ta nägi, ei vähendanud tema ärevust. Tema kuubik oli üks paljudest, mis ulatusid piki tunnelit nii kaugele, kui silmaga näha oli. Ühtegi elanikku ei olnud näha oma kubi klaasitud akende taga.

Ta hingas klaasile ja kirjutas sinna sõna „HELP!" tagurpidi kirjutatud, juhuks kui keegi seda näeks. Siis kustutas ta selle kiiresti ära, meenutades, keda ta oli tulnud vaatama: Eriel.

E-Z liikus mööda kuubi esiosa, kaugele küljele ja leidis jälle ühe raami, mille puhul ta oli kindel, et see oli aken. Ta kraapis pinna ära ja leidis peagi selle, keda ta otsis: reetur.

Kunagi võimas peaingel nägi välja haletsusväärne, nagu oleks keegi teda nõelaga torkinud ja kogu õhu välja lasknud. Tema keha oli seina külge kinnitatud. Alguses arvas E-Z, et teda hoiab paigal gravitatsioon või mingi nähtamatu jõud, kuid siis mõistis ta lähemal vaatlusel, et Erieli kogu keha oli suletud paksu jääploki sisse. Erieli kuubik oli tema keha järgi vormitud, mistõttu täitis jäävesi tema vormi iga nurka ja nurka ning tal, erinevalt E-Z-st, polnud juurdepääsu tekile.

CLANK. CLANK. CLANK.

E-Z sirutas kaela vasakule, kui ta kuulis sammude kõlksumist. Ta tundis, et asi tuleb lähemale, kuid ta ei näinud seda.

CLANK. CLANK. CLANK.

E-Z raputas pead. Ta pidi keskenduma, jääma hetkesse, ja ometi tekkis tal järjekordne kummaline déjà vu tunne.

Tema mõtted lendasid tagasi unenägu juurde, mis tal mõni aeg tagasi oli PJ ja Ardeni sünnipäevapeost. Selles unenäos oli saabunud kapuutsiga kuju, kes tegi samasugust häält. See unenägu oli olnud kadunud pesapallimütsi leidmisest.

Kui heli muutus kõrvulukustavaks, nägi ta pilguga kuju, kes oli sõdalane, suurem kui elu, kahe täispika vahtrapuu suuruste tiibadega. Ühes käes kandis peaingel kuldset kilpi ja teises mõõka. E-Z kaitses silmi, kui valgus tabas mõõga kere.

CLANK. CLANK. CLANK.

Peaingel-sõdalane peatus Erieli ees, kes ei tõstnud silmi, et kohtuda uustulnuka pilguga.

Kuni tema peatumiseni ei olnud E-Z märganud peaingli tohutuid tiibu, mis tema kõndimise ajal olid puhanud. Nüüd tõstis sõdalane end üles, nii et tema ja Erieli näod olid ühel joonel.

„Teil on külaline," ütles ta.

Erieli silmad jäid madalale.

„Su silmad ei peta mind," ütles sõdalane. „Sa oled ennast häbistanud. Sa oled meid kõiki häbistanud - ja ometi ei tunne sa kahetsust ega kahetse. Räägi mulle. Ütle mulle, miks ma peaksin sulle üldse külalist lubama."

Eriel vaatas jätkuvalt põrandat, kui ta midagi kuuldamatut muheles.

„Räägi!" nõudis sõdalane.

„Ma kahetsen!" Eriel pomises. „Ma kahetsen, et ma ei suutnud..."

„Vait!" nõudis sõdalane.

KLANK. CLANK. CLANK.

Nüüd seisis sõdalane teisel pool klaasi, näost näkku E-Z-ga.

„Ma olen Michael," ütles ta.

„Äh, tere, ma olen E-Z." Ta tundis mehe häält. Tema oli see, kes käskis Raphaelil ja Ophanielil lasta tal Erieliga rääkida.

„Tõuse üles," ütles Michael.

„Ma ei saa kõndida," ütles ta.

„Sa suudad, kui ma ütlen," avaldas Michael. "Ja ma ütlen. Tõuse E-Z Dickens!"

E-Z tundis end nagu üks neist, kes valmistub televiisori jumalateenistusel terveks saama. Vastumeelselt tõstis ta end toolilt üles. Ta jalad kõikusid veidi, enamasti pigem hirmust kui uskumatusest. Lõppude lõpuks oli Miikael kõige võimsam peaingel. Sekundeid hiljem seisis E-Z kõrgelt jääseina sees.

„Sa palusid rääkida, selle asjaga, selle kukkunud asjaga seal seinal. Ta ei aita sind, sest ta on läbinisti mädanenud. Ja ometi peaks ta sind aitama. Ta PEAKS aitama meid kõiki, et päästa end jääskulptuuriks muutumisest - selle koha püsivaks kinnituseks."

Iga öeldud sõnaga muutis Michaeli hääl E-Z'd tugevamaks ja enesekindlamaks.

Eriel tõstis silmad üles.

Hetkeks nägi E-Z seal midagi vilksamisi. Kas see oli lüüasaamine? Kas see oli kahetsus?

Eriel sulges silmad, kui tema keha lonkis teda kinni hoidvas jäävanglas.

„Ma arvan, et ta jäi minestama," ütles E-Z.

CLANK. CLANK. CLANK.

Michael pöördus tagasi, et oma jäävanglat lähemalt vaadata. Tema saapa otsast libises välja madu ja hakkas Erieli näo poole roomama. See asi liugles üles, üles, kahvliga keelega, mis liikus edasi-tagasi, nagu oleks ta vere järele näljane.

Mihkel ütles: „Mu sõbra keha sulatab oma teed sinu näo poole Eriel. Kas sa ei kavatse silmi avada ja tere öelda?"

Eriel avas tõepoolest silmad ja nähes, kuidas madu teed mööda tema keha ülespoole teeb, lasi ta karjuda.

„GARUUUUUUUUUUUUUUMMMMMMM!"

Mihkel naksatas sõrmedega ja madu lõpetas liikumise. Oma küünega kraapis Michael jääle. Selle sees vibreeris Erieli keha. Nagu oleks teda elektrilöögi käes.

„MMMMM,hhhhh,MMMMMMMMM!"

„Stopp!" E-Z hüüdis, kattes oma kõrvad. „Palun!"

Michael lõpetas skarpeerimise. Ta tõstis käe üles, madu keeras end ümber ja lipsas tagasi tema saapasesse.

„See poiss näitab sulle halastust Eriel. See on rohkem, kui sa väärid."

Eriel jätkas meeleheitel virisemist.

Michael jätkas, pöördudes E-Z poole: „Ma annan teile viis minutit, et esitada Erielile kõik küsimused, mis teil on."

Siis Erieli poole: „Me võime sind sundida temaga rääkima, aga ma eelistaksin, kui sa otsustaksid teda omal soovil aidata. Ükskord otsustasite te selle noore poisi elu päästa. Ta omakorda maksis oma võla tagasi. Nüüd oled sa meid reetnud ja pead meie usalduse uuesti ära teenima."

Mihkel tõstis jala ja peksis vastu jääkonstruktsiooni, millesse Eriel oli sisse mässitud. See värises, kuid ei pragunenud ega purunenud.

„Sa oled mulle vastik! Te ootate, et see inimpoiss parandaks teie vead. Et ta tegelikult teie vigu parandaks. Ometi tahab ta anda sulle võimaluse vastata oma küsimustele. Nii et aita teda. See on sinu ainus võimalus, sinu ainus võimalus tõestada meile, et sinus on veel midagi päästmist väärt. Mingi osa sinust, mis pole veel sisimas mädanenud."

Eriel tõstis silmad: „Sire." Ta langetas need taas.

„Teile võib andestada, aga kui te otsustate teda mitte aidata - teie koostöö puudumine võetakse nõuetekohaselt teadmiseks."

Erieli silmad jäid põrandale keskenduma.

„Kas sa mõistad?" Michael küsis. Kui Eriel ei vastanud, kostis Michaeli hääl ägedalt: „Kas sa mõistad?"

Erielile tundus, et jää tema ümber värises ja värises juba Michaeli hääle kuuldes ning ta oli taas kord tänulik kõigi kiivrite eest, mis tema koljut kaitsevad. Ta lootis, et neist piisab, muidu oleks ta koos Erieli ja Michaeliga igaveseks siia maetud ja ta ei näeks enam kunagi onu Sami ega oma sõpru.

Eriel noogutas.

„Viis minutit," ütles Michael.

KLANK. CLANK. CLANK.

Ja ta oli läinud.

Ta ja Eriel olid üksi.

E-Z liikus Erielile lähemale ja küsis: „Kuidas me saame Raevu võita?"

Eriel avas suu, et rääkida, kuid ei öelnud midagi. Ta sulges silmad.

„Palun," palus E-Z. „Palun aita meid."

CLANK. CLANK. CLANK.

Michael oli juba tagasi. See ei saanud olla viis minutit - veel mitte. Ta polnud Erielilt midagi, mitte midagi õppinud.

Eriel surus hambad kokku surudes ja klõbistades kolm sõna: „Kasuta Rafaeli prille."

„Mida?" E-Z karjus, lüües rusikatega vastu jääseina. „Kuidas?"

Järgmine asi, mida ta teadis, oli ta jälle köögi ukse taga. Ta ei kandnud enam oma vanemate riideid, kuid isa habemeajamislotioni ja ema parfüümi kombineeritud lõhnad jäid talle külge. Ta kallistas end ja kuulas, kuidas Charles oma loo moraali selgitas.

„Minu loo moraal," ütles Charles, „on see, et kõik on parem, kui sul on sõbrad, kellega seda jagada."

„Oh," ütles E-Z, kui Samantha teatas, et hommikusöök on serveeritud.

„Seadke end siin üles. Võtke taldrik, salvrätik ja söögiriistad. Sööge ise," ütles ta. „See on smorgasbord."

Sobo ütles: „Sumogasubodo!" Harutole, kes vingus rõõmust.

„Ma tegin sushi," ütles Samantha. „See oli minu esimene kord."

Sobo noogutas: „Aitäh, aga järgmine kord las ma aitan sind."

Samantha noogutas: „See oleks imeline."

E-Z nihutas oma tooli ettepoole.

Onu Sam sosistas tema kõrval kõndides: „Kuhu sa läksid? Ma mõtlen, et sa olid seal ja su tool oli seal, aga sa olid ka kusagil mujal, eks ole?"

„Uh, jah, ma selgitan hiljem. Mul on vaja aega, et kõike juhtunut töödelda. Anna mulle paar minutit. Oh, ja muide, aitäh."

„Mille eest?" Sam küsis.

„Hommikusöögi eest, see oli nagu vanasti. Lõbus."

„Teeme seda kindlasti varsti uuesti."

„Kindlasti," ütles ta oma tuppa suundudes.

PEATÜKK 15
KODU, ARMAS KODU

Now üksi, oli hea teada, et Eriel ei kujutanud neile enam füüsilist ohtu. Ta oli tänu Michaelile olnud võitlusvõimetu, kuid alles pärast seda, kui ta oli kõiki reetnud.

Eriel oli läinud liiga kaugele, aga miks? Miks ta reetis oma omasuguseid? Teades väga hästi, et Michael oli temast võimsam. Selles ei olnud mingit mõtet.

POP.

POP.

„Tere tulemast koju!" ütles ta.

Hadz ja Reiki maandusid tema ees voodil: „Aitäh, E-Z. Sa kohtled meid alati lahkelt."

„Mul on kahju, et Eriel oli teiega nii kohutav. Hea, et ta on nüüd lukus. Seda ta vääribki."

„Mida sa neist arvasid?" Hadz küsis.

„Ei ole kindel, mida sa mõtled."

„Me saatsime kasti."

„Oh, võib-olla see ei toiminud," ütles Reiki.

„See olite teie?" E-Zi silmad tõmbusid pisarateks.

„Tore, et see jõudis tervelt kohale," ütles Hadz, kui paari wannabe-ingli naeratus venis üle nende näo nii, et ülejäänud näojooned tundusid kahanevat.

„Tänan teid väga. Ma arvasin, et kõik mu vanematele kuuluv on tulekahjus hävinud." Ta hingas sügavalt sisse ja võitles pisarate vastu. „Ma soovin vaid, et ma oleksin saanud selle siia tagasi tuua. Kuigi see tähendas väga palju, et isegi lihtsalt see oli..."

ZAP.

„Sa pidid vaid sõna ütlema. Need on ju sinu omad," öeldi.

See oli seal, tema voodi otsas. Tema vanemate kast või see, mida nad nimetasid oma tekikarbiks. Selles olid aarded, mida ta oli lapsena läbi käinud. Ja nüüd oli see tema oma. Käegakatsutav aardekirst, mis oli täis mälestusi tema vanematest.

„Aga kuidas?" küsis ta.

„Meil õnnestus mõned asjad päästa, pugedes sisse ja välja, kui maja põles," ütles Hadz.

„Otsustasime, et hoiame neid sinu jaoks turvaliselt, kuni sa oled valmis neid tagasi saama. Loodame, et ajastus oli õige.“

Ta liikus nagu unes kirstu poole ja avas kaane. Tema isa muskusjas-puidune after shave'i lõhn, mis segunes tema ema magus-sitruselise parfüümiga, tervitas teda nagu embus. Ettevaatlikult, et see kõik korraga välja ei pääseks, sulges ta ettevaatlikult kaane.

„Ma ei saa teid kahte piisavalt tänada. Ma ei suuda teid kunagi tänada. Ma käin kõik läbi, mõni teine kord. Veel kord, aitäh teile mõlemale väga palju.“ Ta sirutas käed välja ja kaks wannabe-inglit lendasid neisse sisse.

„Ta muutub liiga pirtsakaks,“ ütles Hadz.

„Keegi ütles sulle; sul on vaja juukselõikust?“ Reiki küsis.

E-Z kammis sõrmega oma juukseid ja patsutas maha keskosa, mis tänu sellele, et ta oli külmades sisemustes, seisis nagu harjad harjal. „Paremini?“

„Natuke,“ ütles Hadz.

„Okei, ma pean keskenduma. Teised tulevad varsti siia, et saada Erieli olukorraga kursis olla. Ma pean neile Michaelist rääkima. Arvad, et neile avaldab muljet, et ma temaga kohtusin?“

„Pole tähtis, kas nad on muljet avaldanud," ütles Hadz. „Oluline on, kas Eriel rääkis sulle midagi väärtuslikku?"

„Jah, aga ma püüan ikka veel aru saada, mida ta mõtles."

„Räägi meile, ehk saame mõistatuse lahendada!"

„Mida kes mõtles?" Alfred küsis, kui ta oma nokka tuppa torkas.

„Tule sisse," ütles E-Z.

Alfred kõndis sisse. Oli mulgustusaeg ja mõned suled lehvitasid tema selja taga. „Tere Hadz, tere Reiki."

„Tere," vastasid nad.

„Pikk lugu, aga et kohe asja juurde tulla, kutsuti mind tagasi silosse, kus Raphael ja Ophaniel andsid mulle teada Erieliga seotud olukorrast. Ta on töötanud igal pool. Teeskleb, et on meie, peainglite ja Fuuriaga liitunud. Ärge muretsege, tema reetmine avastati ning ta võeti kinni ja vangistati. Teda valvab peaarkaanel Miikael, kes lubas mul Erieliga lühidalt rääkida."

„Ja mida Eriel ütles?" Alfred uuris.

„Mul oli aega esitada talle ainult üks küsimus. Niisiis, ma küsisin temalt, kuidas me saaksime Füüriat võita. Seepärast tulin siia, et mõelda selle üle, mida ta ütles."

„Ah, nii et sa tahtsid üksi olla?" Alfred küsis. „Tule, Hadz ja Reiki, anname E-le veidi rahu ja vaikust." Ta liikus ukse poole, kuid nad jäid sinna, kus nad olid.

„Lahendatud probleem on jagatud probleem," laulsid nad.

„Tõsi. Ja see oli Kaarli loo moraal."

„Hea küll, kogunege." Ta tegi pausi ja ütles siis: „Eriel ütles, et peaksime kasutama Raffaeli prille."

„Just, nii ongi?" Alfred ütles. „Ma saan aru, miks sa ei ole kindel, mida ta mõtles. See on väga ebamäärane."

„Ma tean. Ja ta ei öelnud, kuidas neid kasutada."

Hadz kummardus ja sosistas midagi Reikile.

POP.

POP

Ja nad olid kadunud.

„Võib-olla, alustame algusest. Räägi mulle täpselt, mida Eriel sulle ütles."

„Ma juba ütlesin. Ta ütles, et kasuta Rafaeli prille. See oli kõik. Miikael pani meid ajamõõtja peale. Alguses arvasin, et Eriel ei ütle sõnagi. Ta ütles need kolm sõna ja aeg sai otsa. Järgmine asi, mida ma teadsin, oli see, et ma olin jälle siin."

Alfred askeldas ja märkas voodi otsas olevat tekikarpi. „Mis see siis on?"

„See kuulus mu vanematele," ütles E-Z nuttude vastu võideldes. „Hadz ja Reiki päästsid selle tulekahjust. Nad ütlesid mulle lihtsalt, et päästsid selle minu jaoks - panid isegi oma elu ohtu."

„See oli nii..." Ta nuttis, "hoolikas neilt. Kas sa oled juba läbi käinud?"

„Ei, aga ma lähen."

„Milline oli Michael?"

„Ta klõbistas kõndides palju. See meenutas mulle unenägu, mis mul oli PJ-st, Ardenist ja giljotiinist."

„Oh, ma mäletan, et sa rääkisid meile sellest unenäost. Kas ta oli sama hirmutav kui hukkamine?"

„Michael oli väga pahane ja õigesti. Eriel reetis teda, kõiki peaingleid ja meid. Mida ma ei mõista, oli see, mis võiks olla sellise riski väärt?"

„Võim - mõned inimesed teeksid selle saamiseks kõike. Aga me peame välja mõtlema, kuidas me saame Raphaeli prillidega peatada Erieli ja Raevude käivitatud plaani."

E-Z eemaldas need oma näolt. Kui ta neid kandis, ei pulseerinud ja liikunud veri raamides, nagu see tegi, kui Raphael neid kandis. Tema peal olid need nagu mis tahes muud prillid.

„Käskige prillidel midagi teha," soovitas Alfred.

„Prillid kaovad,“ käskis E-Z.

Ta lasi need maha ja need maandusid põrandale.

E-Z ohkas. Kaks pead ei olnud sel juhul kindlasti parem kui üks. Ta naeris.

„Hea oli näha Hadzi ja Reiki tagasi. Kas nad on siin, et jääda? Ma mõtlen, et meid aidata?“

„On, aga nad on viimasel ajal palju läbi elanud ja võivad kannatada PTSD all - see on traumajärgne stressihäire.“

„Jah, ma tean. Mis juhtus?“

„Eriel juhtus, see juhtus. Ta on maa peal ja kõikjal mujalgi, nagu kõlab, kaost ja hävingut tekitanud.“ E-Z tegi pausi. „Mis siis, kui ma kasutasin prille, et muuta oma kuju?“

„Ja mida teha?“

„Kui ma saaksin oma kuju muuta, saaksin Erielina külastada Raevu.“

„See toimiks ainult siis, kui nad ei teaks, et ta on tabatud,“ ütles Alfred.

„Jah, aga kui nad ei teaks. Mõelge, millist kahju ma saaksin teha. Ma võiksin sinna sisse minna. Nad arvaksid, et ma olen nende poolel. Ja ma võiksin nende vastu pöörduda. BAM, ma võiksin nad otse pargist välja lüüa!“

POP.

POP.

„See oleks liiga ohtlik!" Hadz karjus.

„Hoopis liigaoooooooooooooo ohtlik!" Reiki kajas.

„Pealegi on meil teine idee."

„Räägi meile," ütles E-Z.

„Nad on taasloonud Valge Toa, nii et me läksime sinna tagasi, et vaadata, kas seal on raamatuid Raafeli prillidest."

„Ja? Kas seal oli raamat?"

„Ei," ütles Hadz.

„Aga me leidsime selle," ütles Reiki.

See oli pisike vihik, umbes E-Zi nimetissõrme otsa suurune. Seljaosal oli pealkiri: *Raphaeli esimene Eenoki raamat.*

Hadz ja Reiki lehitsesid lehekülgi, sest raamat oli ideaalse suurusega, et neid kahte koos hoida.

„Siin on kirjas," luges Hadz ette, "et Rafaeli eesmärk oli tervendada maad, mida langenud inglid olid rüvetanud."

„Mäletate, Raphael ütles, et ma võin teda kutsuda ainult siis, kui lõpp on lähedal? Võib-olla avaldavad prillid mulle oma väge alles siis, kui neid ka vajatakse."

„Täpselt," nõustusid Hadz ja Reiki.

„Ma arvan, et me vajame ajurünnakut koos teistega, aga sinu idee muuta oma välimus Erieli omaks on hea,“ ütles Alfred. „Peaksime lihtsalt välja mõtlema, kuidas sind sel ajal toetada - et sind turvaliselt hoida.“

„See on halb mõte,“ ütles Hadz.

„Väga halb mõte!“ Reiki ütles.

„Kuidas nii?“ Alfred uuris.

„Esiteks, sa ei tea, mida Füüriad teavad.“

„Või ei tea.“

„Teiseks, see võib olla lõks.“

„Erieli ja Fuuriate korraldatud lõks.“

„Kolmandaks, ja mis kõige tähtsam,“

„Eriel kardab Miikaeli.“

Ühesõnaga ütlesid nad: „Raphaeli prillid peavad hoidma võtit kõigele. Eriel otsib andestust ja lunastust Miikaeli ja teiste peainglite poolt. See on tema ainus lootus. Teie olete tema ainus lootus. Seepärast usume, et ta ütles teile tõtt.“

„Aga mis siis, kui Fuuriad ei tea Erieli - olukorrast? Kui nad on pimeduses, siis meil on siin eelis,“ ütles Alfred.

„Ma olen nõus,“ ütles E-Z.

Lia pistis pea tuppa, talle järgnesid ülejäänud jõuk. „Mis toimub?“ küsis ta.

„Tule sisse ja ma selgitan. Oh, ja pane uks enda järel kinni.“

„Kõlab kahtlaselt,“ ütles Lia. Ta märkas Hadzi ja Reiki ning viipas neile. Siis sulges ta ukse nende taga ja lukustas selle.

PEATÜKK 16
MIS SAAB EDASI?

Võtke istet, tehke end mugavalt," ütles ta, kui kõik tema voodile kuhjusid. „Kõigepealt neile, kes ei ole nendega veel kohtunud - see on Hadz ja see on Reiki. Nad on sõbrad ja wannabe-inglid. Nad on määratud meid aitama."

Haruto kummardus, Lachie ütles: „Head 'päeva!" Charles ja Brandy surusid neile kätt.

Pärast seda, kui kõik olid ametlikult tutvustatud, istus meeskond piki voodikülge. E-Z arvas, et nad nägid välja nagu bussi ootavad reisijad.

„Me kõik oleme siin, et võita The Furies. Kuid meil on vaja arvestada mõningaid jooksvaid andmeid. Enne kui me edasi liigume."

„Mida sa mõtled?" Lia küsis. „Sa tahad öelda, et me võiksime loobuda?"

E-Z puhastas kurku.

„Kõige parem on, kui te lasete mul teile kõik ära rääkida, siis saate te küsimusi esitada. Ilmselt oleksin pidanud sellega alustama. Aga ma töötan ikka veel ise kõike läbi." Ta kõhkles. „Ma mõtlen, et andke mulle siinkohal natuke aega, sest see on keeruline olukord ja veel keerulisem on seda selgitada."

Kõik noogutasid, nii et ta jätkas.

„Eriel on peainimeste poolt vahi alla võetud. Ta reetis neid ja on reetnud meid. Ta ei ole meile enam ohtlik, kuid ta on ohustanud meie missiooni. Probleem on selles, et me ei tea, kui palju. Aga me teame rohkem tema kavatsustest - saada Maa üle kontrolli mis tahes vahenditega. Selleks peainglite vastu minna, see oli mingi riski võtmine - isegi siis, kui tal olid Füüriad oma poolel."

Kõigilt kuuldavasti kostunud hingetõmme sundis teda hetkeks-paariks pausi tegema, enne kui ta jätkas.

„Peainglid on talle selja pööranud. Ma kohtusin Miikaeli, kes juhib peaingleid, ja ta oli Erieli suhtes pahane. Ja Eriel kartis teda."

Veel rohkem kuuldavaid hingetõmbeid.

„Meie plaan A oli lõksu panna Raevud mängukeskkonnas. Eriel oli sellest plaanist teadlik.

Tegelikult julgustas ta meid sellega edasi minema. Nii et me peame edasi liikuma plaani B juurde. Ainuüksi asjaolu, et ta teadis plaanist A, on piisav, et me selle kõrvale heita.“

Veel rohkem hingetõmbeid ja „Oh ei!“

„Niisiis, plaan B. Ma tean, et te mõtlete ilmselget asja: st, et meil ei ole plaani B. Noh, meil ei olnud. Aga nüüd on meil olemas. Kas teid šokeerib, et meie plaan B on tulnud meie reeturi suust?“

Kõik noogutasid.

„Nagu ma juba ütlesin, kohtusin ma Michaeliga. Tema oli see, kes tegi Erielile ettepaneku, et talle võidakse anda leebust, kui ja ainult siis, kui ta meid aitab.

„Michael andis meile koos vaid viis minutit. Ja suurema osa sellest ajast ei öelnud Eriel midagi. Siis, kui see oli just lõppemas, ütles ta kolm sõna: „Kasuta Rafaeli prille“ - see oli kõik. Mulle tuli kunagi hiljem meelde, et Raphael oli öelnud, et Charles võib olla meie salarelv, nii et koos prillidega võib meil olla kaks relva, millest nad ei tea.“

Charles ohkas.

E-Z tunnustas Charlesi noogutusega.

„Aga enne, kui me seda kitsendame ja ajurünnakuid teeme, peame vaatama siin suurt pilti ja otsustama, kas see on meie võitlus. Kas see on midagi, millega me ikkagi tahame meeskonnana tegeleda.

„Tänu Erielile olen ma täna elus. Ta päästis mind ja ütles siis, et ma olen talle ja teistele peainglitele võlgu. Selle võla tagasimaksmiseks läbisin mitu katset. Alfred ja Lia tulid kaasa ja koos moodustasime Kolmiku. Ja siis läksime nende palvel lahku.

„Me asutasime oma superkangelaste veebilehe ja aitasime inimesi. Kuni peainglid palusid meie abi Hingepüüdjate piraatide võitmiseks. Aja jooksul saime teada, kes nad olid: Fuuriad, võimsad ja kurjad kreeka jumalannad, kes olid naasnud.

„Hadz ja Reiki viisid mind luurele, et näidata mulle nende peakorterit Death Valley's. Seal nägin ise, kuidas laste hingedega täidetud konteinerid varusid. Hiljem võeti PJ ja Arden meilt ära. Nende seisund ei ole muutunud. Ja me nägime tänu Raphaelile omal nahal neid vastikuid jumalannasid tööl.

„Fuuriad on väärilised vastased. Kui me nende vastu võitleme, võime surra. See ei ole muidugi uusim teave, kuid kas nüüd, kus Eriel on meid reetnud, tasub meie eludega riskida?

„Võttes kõike arvesse ja eriti seda, et meil on kaks salajast relva meie poolel. Kuigi relvad, mida me ei tea, kuidas me saame kasutada. Võib-olla oleme heas olukorras, et seda võitlust võita. Seda juhul, kui me hoiame kokku ja kui me hoiame üksteisele selga. Kui me oleme valmis panema oma elu ikka veel suurema hüve nimel ohtu. Maa hüvanguks, maa päästmiseks. Mida te ütlete?"

Järgmine asi, mida ta teadis, oli see, et kõik - välja arvatud Alfred - hüppasid voodil ringi ja ütlesid: „Üks kõigi ja kõik ühe eest!"

E-Z tõstis käe. "

„Kõik, kes pooldavad võitlust Raevu vastu, ütlevad: Aye."

Otsus oli ühehäälne.

Sobo koputas uksele ja küsis: „Võib-olla saan ka mina aidata."

PEATÜKK 17

KÜSIGE CHARLES DICKENS

Brandy irvitas kuuldavalt, mis pani kõik ruumis viibijad tema poole vaatama. Nüüd, kui ta oli kõigi tähelepanu pälvinud, küsis ta: „Ja kuidas sina, vanainimene, kavatsed aidata meie superkangelaste meeskonnal lapsi kolme võimsat kurja jumalanna võita?" Ta küsis: „Kuidas sa, vanainimene, kavatsed aidata meie superkangelaste meeskonnal kolme võimsat kurja jumalannat võita?"

Kogu ruumis kõlas hingetõmme, mis sundis Harutot kiiresti oma Sobo kõrvale liikuma. Ta haaras naise käest kinni ja hoidis seda vastu oma südant.

Sobo, keda Brandy teadmatus ei häirinud, sosistas lapselapsele rahustavaid sõnu jaapani keeles.

„Palu vabandust," nõudis E-Z.

„Pole midagi," ütles Sobo. „Tal on õigus, ma ei pruugi olla superkangelane nagu teie kõik, aga kõigil on selles elus midagi anda."

„Vabandust, Sobo," ütles Brandy. Ta ei lõpetanud sellega. „Ma mõtlesin, et..."

„Sulgegeel!" Lia hüüatas. „Tule sisse, Sobo."

„Meile tuleb igasugune abi kasuks," ütles E-Z.

Charles tõusis püsti, pakkudes oma kohta Sobole ja Harutole.

„Aitäh," ütles Sobo ja istus koos lapselapsega paar hetke rääkimata kõrvuti.

„Kas sa tunned end piisavalt hästi?" Haruto küsis.

„Jah, pisike," ütles Sobo. „Ka minul on supervõime. Seda supervõimet nimetatakse muundumiseks. Ma olen elanud palju elusid ja mänginud palju rolle... iga eluga õpin midagi uut. Ma olen avatud õppimisele, see ongi elu mõte. Ma pakun oma elu, ma teeksin kõik, et sind päästa. Teid kõiki."

„Isegi mind?" Brandy küsis.

Sobo naeris. „Eriti sina, lapsuke."

Brandy läks üle toa ja heitis käed ümber Sobo kaela. „Aitäh. Aga miks just mina?"

Haruto tõusis püsti ja hüüdis käed puusadel: „Sest sa oled hull!"

Kõik naersid, ka Brandy.

Sobo ütles: „Sest sa oled kartmatu. Jah, kartmatus on võimas emotsioon, aga sa pead õppima kannatlikkust. Sa vajad mõlemat, et selles maailmas ellu jääda. Kui sul on mõlemat, siis saad sa veel rohkem jõudu, millega arvestada. Elu on muutumine, iseenda muutmine seestpoolt, väljastpoolt, seestpoolt sissepoole. Õppige. Kasva. Me peame olema nagu puud, muutuma koos aastaaegadega, painduma koos tuulega.“

„Nii ilus,“ ütles Charles.

„Aga maailm on täis nii head kui ka kurja,“ ütles Sobo. „Nii peabki see olema. Üks peab olema olemas, et teine saaks olla. Ja meie, sina ja mina ja kõik siinviibijad, me peame võitlema ainult hea poole eest. Selles maailmas saab olla ainult üks võitja. See võitja peab olema kogu inimkonna hüvanguks.“

Sobo lõpetas rääkimise. Samal ajal, kui ta hinge tõmbas, jäid teised vaikselt ootama, et ta jätkaks.

„Miks ma siin olen,“ jätkas Sobo, “on see, et tuua tervitusi Rosalie'lt.“

„Sina ja Rosalie, Sobo, aga kuidas?“ Lia uuris.

„Rosalie tuli minu juurde unes. Kuidas ma teadsin, et see oli tema? Sest ta ütles mulle seda. Unenäod on võimsad ühendajad. Vaimud läbivad maailmu ja segunevad meiega, et olla meiega või öelda meile asju, mida me ei tea, näiteks hoiatusi, eelaimdusi. Rosalie tahtis aidata meil võidelda, võidelda ja võita."

„Jah," ütles E-Z. „Ma näen sageli unes oma vanematest. Mõnikord avaldavad nad mulle asju või räägivad mulle asju, millest nad ei saanud teada. Välja arvatud juhul, kui nad minu elu minuga jagaksid."

„Jah, armastus on võimas emotsioon, millel ei ole piire. Need, keda sa armastad, otsivad sind, leiavad sind, aitavad sind, isegi kõige pimedamal ajal."

„Kas ta," küsis Lia, "on õnnelik?"

Sobo naeratas. „Õnn ei ole kõik. Lubage mul lihtsalt öelda, et ta on tema ise. See on kõik, mida sa tegelikult teadma pead. Ja iseendana, anumana, kes võitleb samuti ainult hea poolel, usub ta sinusse, härra Charles Dickens. Teie olete meie jõud."

„Mina?" Charles küsis.

„Jah, Charles. Vii meid raamatukokku. Raamatukogu pilvedes."

„Ma pole sellest kunagi kuulnudki. Ma ei saa teid sinna viia. Ta on mind vist ühega teistest segi ajanud."

„Mis raamatukogu?" Brandy küsis.

„Ja miks see on pilves?" Lia uuris.

„Ma olen seal käinud," ütles Sobo. „See on väga vana ja see on kaitstud... ainult need, kes teavad."

„Mina ei kuulu nende hulka," ütles Charles.

„Sa vajad lihtsalt veidi abi," ütles Sobo. „Anna talle Raphaeli prillid ja ta siis, on teadlik."

„Oot," ütles E-Z. „Kuidas sa sinna sattusid?"

„Kas sa ei usu mind?" Sobo naeratas. „Rosalie viis mind sinna unes... ta on vaim... ja ta juhtis mind kui unenägude käija."

„Oled sa kindel, et see ei olnud mälestus, mida ta jagas Valgest Toast?"

„Kindlasti mitte. Kust ma seda tean?" Sobo küsis. „Sest Rosalie ütles mulle, et ta ei tahtnud kunagi naasta sinna, kus need tigedad õed teda mõrvasid."

„See on loogiline, ja ometi paneb mind midagi, mida Raphael ütles, et ta ei tohi kunagi prille - kellelegi - üle anda, muretsema, et minna vastuollu tema soovidega."

„Mis siis, kui Rosalie ei kuulu nende hulka, kes on asjaga kursis?" Sobo uuris. „Kas me peaksime loobuma sellest võimalusest suurendada oma võimalusi fuuriate võitmiseks, lükates tagasi Rosalie viimased andmed usaldusväärse sõbra ja usaldusisiku poolt?"

„Räägi mulle kõigepealt," ütles E-Z, „kuidas see oli?"

Sobo sulges silmad. „Kujutage ette aega, mil te lülitasite kuuma vee sisse ainult duši all või vannis, ilma ventilaatori ja avatud aknata. Sa lahkusid toast, et midagi tuua, ja sulgesid ukse. Kui sa selle hiljem avasid, oli tuba täis auru ja kui sa sisenesid, ei näinud sa midagi - esialgu. Kuid su silmad kohanesid ja siis saite kõike näha. Minuga oli sama, kui ma esimest korda Pilvede raamatukogusse sisenesin."

Ta avas silmad. „Kujutage ette pilve sisemust, kus olid raamatud. Kõik kirjutatud, avaldatud raamatud kõik seal sinu ees. Kättesaadav, et lugeda, võtta, õppida. Selline oli Pilvede Raamatukogus. Ja me kõik peaksime nüüd minema ja seda ise vaatama. Täna."

„See kõlab maagiliselt," ütles Charles. „Ma tahan minna. Ma tahan teid kõiki sinna viia."

„See kõlab liiga hästi, et olla tõsi," ütles Brandy.

Sobo naeratas.

E-Z kõhkles, enne kui võttis prillid ära ja ulatas need Charlesile.

„E-Z," ütles Sobo, „Rosalie ütles mulle, et erandiks Raphaeli reeglist on Charles. Mäletate? Ja tema oli see, kes paljastas, et Charles on meie salarelv."

E-Z noogutas ja andis prillid Charlesile.

Kahtlemata pani Charles need pähe. Kui ta need kõrvade taha pistis, pulseerisid raamide värvid igas tuntud värvitoonis. Kõik värvid peale punase. Kui prillid asetsesid rohekas rohelise varjundiga, keeras Charlesi kaela vasakule paremale paremale vasakule vasakule. Ta sirutas end üles, vaatas ettepoole.

„Ma olen valmis," ütles ta. „Hoidke käest kinni, nii et me kõik oleme ühendatud, ja ma viin teid sinna."

„Oodake meid!" Hadz ja Reiki hüüdsid, kui nad hüppasid E'Z õlgadele ja hoidsid kinni. Hetked hiljem ja keegi polnud kuhugi läinud.

PEATÜKK 18
MIS LÄKS VALESTI?

Ma ei saa aru," ütles Charles. „Ma nägin seda mõttes. Võib-olla vajan ma juhiseid või mingeid võlusõnu. Kas Rosalie ütles sulle midagi erilist, mida ma pean tegema, peale selle, et panna Sobole prillid peale?" Charles uuris.

Sobo raputas pead. „Proovi midagi muud."

„Vii meid Pilvetuppa!" nõudis ta.

Seekord kui grupp kõik võpatasid, nagu oleks keegi akna avanud.

„Sulgege silmad," ütles Charles. „Kõik valmis?" Kõik noogutasid. Ta sulges silmad, kui superkangelaste rühm pluss Sobo killustusid.

„Midagi tundub, teisiti," ütles Lachie silmi avades. „Ma tunnen end teisiti."

Ka E-Z tundis end kummaliselt, kui ta silmad avas. Hadz ja Reiki norskasid nüüd. Tundus kummaline aeg, et nad uinuksid. Ja mis veel oli teisiti? Raphaeli prillid olid värvitu. Miks? Seda polnud varem kunagi juhtunud. Ja mis veel? Alfred - kus kurat oli Alfred?

„Alfred? Kus sa oled?"

Lia puhkes nutma.

„Miks sa nutad?" E-Z küsis.

„Sest ma ei näe midagi, mitte kätega. Enam mitte."

„Charles. Prillid," ütles Brandy.

„Mis on?" Ta võttis need ära.

Nad panid kõrvad kinni, kui Sobo pea tagasi viskas ja ulgus nagu banshee, kuni pehme orkestrimuusika tema hüüatused üle võimendas ja kõik magama jäid.

✳✳✳

Nüüd, kui kaksikud magasid, mõtlesid Samantha ja Sam, kuidas kohtumine E-Z toas kulges. Kui nad kohale jõudsid, oli uks lukus ja koputamisele ei vastanud keegi.

„See on kummaline," ütles Sam. „E-Z ei lukusta kunagi ust.

„Võta võti," ütles Samantha.

Samil oli halb tunne, kui ta võtme lukku pistis.

Sam ja Samantha vaatasid, kuidas Sobo, Brandy, Lia, Lachie, Haruto, Charles ja E-Z vahtisid ettepoole nagu mannekeenid vaateaknal.

„Nad vaevu hingavad," ütles Sam.

„Ja kus on Alfred?"

„Ja miks kannab Charles Raphaeli prille?"

„Ma kardan," ütles Samantha, võttes oma mehe käest kinni.

„Ma arvan, et me ei tohiks siin midagi häirida," ütles Sam. „Mul on tunne, et siin toimub midagi, millest me ei tea."

„See on õudne."

„Mis see on?" Sam küsis, märkades E-Zi voodi otsas olevat kasti. „Ma ei usu seda! See ei saa olla." Ta kummardus, tõstis kirstu kaane, mida ta oli venna toas mitu korda näinud. Kirstu, mida ta oli arvanud, et see oli tulekahjus hävinud. Nagu oli juhtunud E-Z-ga, tõusid seest lõhnade tekitatud mälestused üles ja teda valdasid emotsioonid.

„Lähme siit välja," ütles Samantha. „Sa võid mulle kirstust rohkem rääkida, väljas."

„Anname sellele natuke aega. Nad ärkavad varsti üles ja..."

„Ma arvan, et meil pole muud valikut," ütles Samantha, kui nad ukse enda järel kinni panid.

PEATÜKK 19
CLOUD ROOM

Charles seisis hetkeks, võttes ümbrust enda ümber. Kas ta oli toonud nad valesse kohta? Tema ja teised (kes kõik magasid) olid kõrgel taevas, kus polnud ühtegi pilve näha. Nad olid maandunud keset klaasist platvormi. Kuidas seda püsti hoiti, polnud tal aimugi. Ta märkas, et E-Zi ratastool veeres edasi, seega tormas ta kohale ja äratas ta üles.

„Kus me oleme?" küsis ta, lehvitades Hadzile ja Reikile, kes olid ikka veel tema õlgadel sügavas unes ärkvel.

„Ärka üles! Ärka üles!" Charles käskis.

Ükshaaval avasid nad silmad, siis mõistsid nad, kui kõrgel nad olid, ja klammerdusid üksteise külge, püüdes mitte liikuda. Püüdes mitte vaadata alla läbi klaasplaadi, mis takistas neid kukkumast maale.

„Oleks sellel asjal ometi kaide!" Lia hüüdis. Ta nägi nüüd kõike, kuid osa temast soovis, et ta ei näeks seda.

„Mis seda püsti hoiab, sellest ma ei saa aru," ütles Charles.

„Ma ei ole kunagi olnud b-suur kõrguste fänn," ütles Brandy, kui ta haaras enda jaoks lähimast vabast käest, mis kuulus Charlesile.

„Oh," ütles ta, tundes, kui külm oli tema käsi.

„Ma lendan sinna ja vaatan," ütles E-Z ja lendas minema, liikudes ümber platvormi, mis näis olevat kasvanud justkui õhust välja, ilma et miski oleks seda püsti hoidnud ja ükski ankur ei hoidnud seda paigal.

Haruto hoidis oma vanaema käest kinni. Ta ärkas aeglasemalt kui teised. Kui ta tundus täielikult ärkvel olevat, ütles ta vaid: „Oh ei," oli kõik, mida ta ütles. Ikka ja jälle.

„See ei ole ju Pilvetuba, kuhu Rosalie sind viis?" Charles küsis.

Sobo astus ühe, kaks sammu, samal ajal kui lapsed tema külge klammerdusid. Ta sulges silmad, pigistas need tihedalt kinni ja avas need siis uuesti.

„Mida sa teed?" Brandy uuris.

„Otsin raamatuid," ütles Sobo. „Kui see on see koht, siis peaks siin ka raamatuid olema. Palju raamatuid. Ma ei näe ühtegi. Mitte ühtegi."

E-Z, kes uuris ikka veel platvormi struktuuri, küsis: „Kas tundub, et oleme õiges kohas? Kas raamatud võiksid olla varjatud? Kas keegi näeb neid?"

Kõik raputasid eitavalt pead, isegi Hadz ja Reiki, kes seni polnud omavahel sõnagi öelnud.

„Mul on selle koha suhtes halb, halb tunne," laulsid Hadz ja Reiki üheskoos.

Charles kõhkles enne sõnavõtmist. „Ma nägin oma peas raamatukogu, kui panin prillid pähe, ja see oli nii, nagu Sobo seda meile kirjeldas. Seal ei olnud klaasist platvormi. See koht ei ole see, mida ma ette kujutasin. Alguses arvasin, et prillid on teinud vea, aga nüüd, kui Hadz ja Reiki ja ka Sobo tunnevad halba, siis ma arvan, et." Sobo noogutas ja märkas, et naine väriseb. „Ma arvan, et me peame siit ära minema - ja kiiresti."

E-Z märkas, et Alfred oli kadunud. „Kas keegi teab, mis Alfrediga juhtus? Me kõik olime siia tulles puudutusega ühendatud. Kuidas ta võis olla seotud?" Nüüd märkas ta, et Hadz ja Reiki tundusid olevat väljas. Peaaegu nagu oleks neid narkootikumidega narkootikumeeritud, sest nende silmad lonkisid peas ja neil oli raske ärkvel püsida.

„Luigel ei ole sõrmede puudutus," laulsid kaks wannabe-inglit üheskoos. Nad puhkesid naerma ja keerlesid ringiratast, kuni nad olid liiga uimased, et püsida vee peal, ja kukkusid SPLATiga klaaspõrandale.

„Okei, Charles, mulle piisab sellest tõestusest. Vii meid tagasi koju - kohe."

Charles, kes oli Raphaeli prillid ära võtnud, pani need nüüd E-Z käsu järgimiseks uuesti peale ja hüüdis: „Oh, seal nad on!"

„Sa näed nüüd raamatuid?" Sobo küsis.

„Ma ei näinud, kui me esimest korda saabusime, aga nüüd näen. Mida ma nüüd tegema pean?"

„Sellel pole mingit mõtet," ütles Sobo, „miks peaksid need sulle olema varjatud ja siis avalikustatud? Rosalie ei maininud neid asju."

„Ma arvan, et õhk siin üleval mõjutab meie ajusid," ütles E-Z. „Ma hakkan end halvasti tundma, peapööritus. Me peaksime parem siit ära minema ja pronto, muidu lõpetame näoga platvormil nagu Hadz ja Reiki."

Charles sirutas käe välja ja sinna lendas raamat, mille ta särgi sisse topis. „Vii meid tagasi!" hüüdis ta. Nagu esimesel korral, kui nad seda proovisid, ei juhtunud midagi.

„Võib-olla peame käest kinni hoidma,“ ütles Sobo. „Ja sulgeda uuesti silmad.“

Nad tegid mõlemat ja kohe hakkasid tohutud tuulepuhangud neid platvormil ringi puhuma. Nad kükitasid nagu jalgpallimeeskond enne suurt mängu, klammerdudes üksteise külge. Lükkasid oma jalad platvormile, lootuses, et nad ei lenda minema.

E-Z raputas oma aju, püüdes mõelda väljapääsu. Kas ainus võimalus oli kasutada ainukest võimalust kutsuda Raphael appi? Ta vaatas Charlesi poole, kes näis olevat hääbumas. „Charles!“ karjus ta ja märkas siis üle õla, et nende poole tulevad kiiresti Baby, Little Dorrit ja Alfred.

Alfred karjus: „Me peame teid siit välja viima - kohe. See koht on nagu majakas, mis valgustab teid kogu maailmale, kaasa arvatud Fuuriad!“

Sobo nuttis: „Ma ei teadnud, et nad kasutasid Rosalie't lõksuks.“

„Charles nägi raamatuid ja sai isegi ühe. Lähme end ohutusse kohta. Keegi ei ole süüdi. Teie kavatsused olid kõik head,“ ütles E-Z.

„Aitäh," ütles Sobo, kui ta hakkas sisse ja välja haihtuma, nagu Charles oli teinud. Brandy haaras tema käest kinni ja hoidis seda tugevalt, kuni Sobo enam ei tuhmunud.

Alfred ütles: „Tule!"

Lachie hüppas Baby selga, tõmbas väriseva Charlesi endaga pardale ja nad lendasid minema. Tema särgi sees laienes raamat, mida ta seal hoidis, ja kaks särgi nööpi lendasid maha. Ühe käega hoidis ta raamatut kindlalt kinni ja teise käega Lachie'ile, kui Baby kiirendas tempot.

Väike Dorrit kummardus ilma platvormi puudutamata, et ülejäänud saaksid pardale tulla, samal ajal kui E-Z haaras Hadzist ja Reikist kinni. Nad lendasid minema, Alfred ja E-Z lendasid kõrvuti, kui taevas muutus sinisest mustaks, mustast siniseks, mustaks, ja tähed tulid välja, kuid need ei olnud tähed. Need olid silmamunad. Boogeri tulistavad silmamunad, nagu need, millega ta oli kokku puutunud Surmaorgis, kui ta oli esimest korda kohtunud Raevudega.

SPLAT. SPLAT. SPLAT.

SPLAT. SPLAT. SPLAT. SPLAT.

SPLAT. SPLAT. SPLAT. SPLAT. SPL-

Charles karjus täiest kõrist: „KODU!" Ja seekord see toimis. Nad olid jälle kodus. Turvaliselt.

Haruto heitis käed ümber oma vanaema.

„Nii hea meel, et oleme jälle kodus," ütlesid mõlemad teineteisele.

Hetki hiljem saabusid Sam ja Samantha.

„ Me nägime teie kehasid teie toas magamas. Me ei teadnud, mida teha,“ ütles Sam.

„See on pikk lugu,“ ütles E-Z.

Sobo küsis Charlesilt: „Kas teil õnnestus raamatust kinni hoida?“ „Muidugi õnnestus,“ ütles Charles ja hoidis seda käes. See oli suur köide, kõvakaaneline, paksu selgrooga, mida võis näha ja lugeda igaüks -

Charles*Dickensi* „**Suured ootused** “ .

„Sa tõid ühe oma raamatu?“ Brandy hüüatas.

Lachie irvitas.

„I...“ Charles ütles. „Sa käskisid mul valida ükskõik millise raamatu, ja selle võtsin juhuslikult.“

„Kõik juhtub põhjusega,“ ütles Lia.

„Aga see on tõesti venitamine,“ hüüatas Brandy.

„Kõik rahunevad,“ ütles E-Z. „Charles tegi antud olukorras oma parima - ja vähemalt HÄÄ sai raamatuid näha. Keegi meist ei saanud.“

„Suured ootused," ütles Alfred, "on grrr-söögi raamat!" Ta kõlas nagu Briti versioon Tony Tiigrist teraviljareklaamides.

„Tal on õigus," nõustusid Sam ja Samantha. „See on üks parimaid romaane, mis on kunagi kirjutatud."

Charles võttis Raphaelilt prillid ära ja ulatas need E-Zile tagasi, kes need kohe selga pani. Ta raputas pead, kuid raamatu pealkiri, mida Charles ikka veel käes hoidis, oli teistsugune. Ta luges uut pealkirja valjusti ette,

Unistuste väli, autor W. P. Kinsella."

„Las ma proovin," ütles Lia ja sirutas Raphaeli prillide järele.

„Oota!" E-Z hüüdis, kui Lia need tema näolt ära võttis. „Ära pane neid peale. Pea meeles, Raphael ütles, et ainult mina peaksin neid kandma, aga ma tegin Charlesi jaoks erandi Sobo unenäo tõttu, aga ma arvan, et me ei tohiks neid edasi anda. Pealegi teame me juba vastust küsimusele, mida me kõik endale esitame. See on raamat, mis saab sellise pealkirja, mida lugeja tahab näha."

„Või peab nägema," ütles Sobo.

„Aga mina ei tahtnud ega vajanud näha „Suurt ootust". Ma pole sellest isegi kunagi kuulnud!"

„Aga kujutage ette," ütles Sam, "milline raamatukogu see võiks tulevikus olla. Me peame vaid välja mõtlema raamatu pealkirja ja voila, me hoiame seda käes."

„See ei oleks aga autorite jaoks väga hea, ma mõtlen, kuidas nad saaksid palka?" uuris Samantha.

„Ma ei tea, kuidas see kõik toimiks, ja võib-olla jääb meil siin midagi suurt kahe silma vahele," ütles Alfred.

„Suurt, näiteks mida?" E-Z uuris.

„Mis siis, kui see oleks raamat, kes valis lugeja, mitte vastupidi?"

„Doo-doo-doo-doo-doo," laulis Brandy, mis oli muusika Videvikutsoonist.

„Võtame kokku. Sobo nägi unenägu, milles Rosalie näitas talle Pilvede Raamatukogu ja Raphaeli prillidega sai Charles meid sinna viia. Mida ta ka tegi, kuid koht ei olnud selline, nagu oodatud. Ainult Charles nägi raamatuid, ta haaras ühe ja tagasiteel ründasid meid tagasi muhulased, kes tulistasid silma, sarnased nendega, mis ründasid Hadz Reiki ja mind Death Valley's." ‚See ongi lühidalt öeldes kõik,' ütles Brandy.

„Mind huvitab, kas Eriel rääkis Furidele sellest, et Raphael andis E-Z-le oma prillid," küsis Lachie.

„Seda me ei pruugi kunagi teada saada," ütles E-Z, "sest Michael andis Erielile ainult ühe võimaluse minuga rääkida." Ta läks akna juurde ja vaatas välja. „Huvitav," ütles ta.

„Imestada mida?" hüüatasid kõik.

„Kas Raevud teavad prillidest ja nende võimetest. Kui nad meid Rosalie kaudu Pilvede Raamatukogu külastamiseks välja meelitasid, siis peavad nad teadma ka Charlesist. See tähendab, et ta ei ole enam salajane relv. Kuidas nad võisid teada? Ja veel, silmamullid - see on liiga suur kokkusattumus."

„Eriel käskis sul ju prille kasutada," ütles Alfred.

„Ma nägin teda, kuidas teda kinni peeti ja ei olnud võimalik, mitte mingil juhul ei olnud võimalik, et ta oleks võinud Sõnumitoojale sõnumeid saata... mitte nii, et Michael valvab iga tema liigutust." E-Z veeres tagasi sinna, kus teised olid. „Muide, Alfred, kuidas sa meist lahku läksid?"

„Ma olin mustas pilves kadunud, kuni ma kutsusin Little Dorriti ja Beebi appi, et nad mind aitaksid, ja ülejäänu teate."

„See oli nii imelik," ütles Charles. „Ühel hetkel ei näinud ma raamatuid, võtsin prillid ära, panin need uuesti peale ja need olid kõikjal. Ometi olin ma ainus, kes neid nägi."

„Mina nägin neid," ütles Baby. „See üks lendas minu poole." Ta viskas selle Charlesile, kes püüdis selle kahe sõrmega kinni.

See oli miniatuurne raamat, mille selgrool oli pisike pealkiri, mida kõik lugesid valjusti:

„Kõik, mida te kunagi tahtsite teada fuuriatest, kuid kartsite küsida, autor Anonüümne".

„Skoor!" Brandy hüüatas.

Nad kogunesid tillukese raamatu ümber, samal ajal kui Charles seda iga kord ettevaatlikult avas. Esikaane oli seest tühi, nagu ka esimene lehekülg. Ta pööras järgmise lehekülje poole, kus olid sõnad, mis hakkasid kohe liikuma, kihama. Sõnad hõljusid leheküljel, segades ja ümber segades, nagu oleksid nad unustanud, milliseid sõnu ja keelt nad peaksid kujutama.

E-Z, kes kandis endiselt Raphaeli prille, tundis, et sõnade ümberringi nihkumise tõttu on tal pearinglus, ja ta võttis need maha.

„Proovi sina," ütles ta Charlesile, andes prillid üle.

Charles pani need pähe ja võttis need kiiresti jälle maha, tormates akna juurde värsket õhku võtma. Ta ulatas need E-Zile tagasi.

„Nüüd sina," ütles ta Sobole, kes keeldus prille proovimast nagu Haruto."

„Ma proovin," ütles Lia, kuid liitus peagi Kaarliga akna juures.

„Lachie?" E-Z küsis.

„Muidugi," ütles ta, pannes prillid selga ja võttes need kohe jälle maha. „Ei lähe," ütles ta, pugedes voodile.

„Las ma proovin!" Brandy ütles, kui E-Z talle prillid pihku pani ja ta need oma näole asetas. „Oot," ütles ta, ‚ma arvan, et näen midagi, see on see...' ja ta paiskas välja rohelist ainet, mis õnneks inimese asemel vastu seina kukkus.

„Tule meiega kaasa," ütlesid Sam ja Samantha Brandyle, „me aitame sul end puhtaks teha."

„Uh, aitäh," ütles E-Z, pööras oma tooli Alfredi poole ja pani siis prillid nokale.

„Luik kannab prille. Naeruväärne!" Alfred ütles.

„Sa näed väga õpihimuline välja!" Charles ütles.

„Sa näed välja nagu professor Ludwig von Drake!" Brandy hüüatas.

Sam ütles: „Ta oli Donald Ducki õpetaja."

„Oh," ütlesid need, kes olid liiga noored, et olla Donald Duckist kuulnud.

„Oi," ütles Alfred, kui sõnad lakkasid keerlemast ja pöördusid tagasi selliseks, nagu autor oli need kirjutanud. Ta luges kaks esimest lehekülge, siis järgmise, järgmise ja järgmise. Ta lendas kogu raamatu läbi kiirlugeja kergusega ja kui ta oli lõpetanud, lõi raamat end kinni.

POOF

Ja see oli kadunud.

„Noh, see oli huvitav," ütles Alfred, ulatas prillid E-Z-le tagasi ja hoidis end kukkumast.

„Sa tahad öelda, et sa lugesid kogu raamatu läbi?" Sam ütles. „Need prillid on tähelepanuväärsed."

„Ma mäletan kõike, aga mul on vaja infot töödelda ja ma pean puhkama. Ma ei taha siin istuda ja seda tervikuna ette lugeda. Parem on, kui ma sorteerin õpitut läbi ja siis räägime sellest."

„Mis siis," küsis Brandy, "kui sul jäi midagi kahe silma vahele, mida keegi meist ei oleks pidanud vahele jätma? Ei midagi isiklikku."

Alfred naeris. „See, et ma olen nüüd luigekujuline, ei tähenda, et ma poleks oma elu jooksul palju, palju raamatuid lugenud. Tegelikult käisin noorena Oxfordi ülikoolis ja lõpetasin selle kiitusega. Olen õppinud kirjandust ja kunsti.“

E-Z ütles: „Te ei valinud raamatut - raamat valis teid. Keegi meist ei osanud selles ühtegi sõna lugeda.“

„Aitäh, et usud minusse.“

Lia ütles: „Kui palju aega sa tahad mõlgutada? Me võime minna ja vaadata seda filmi?“

Samantha ütles: „Ma pean veel popkorni tegema. Me sõime juba teise kausitäie ära.“

„Stressisöömine,“ ütles Sam irvitades.

„Aitäh,“ ütles Alfred. „Ma tulen tagasi, niipea kui saan.“

„Võta endale nii palju aega, kui vaja,“ ütles E-Z. „Tule meile järele, kui oled valmis.“

Jõuk läks elutuppa ja pani filmi valmis. Samantha tegi mikrolaineahjus veel popkorni. Kõik kogunesid filmi vaatama.

Alfred magas mõnda aega oma tavapärases kohas, kuid ta nägi unenägusid, enamasti õudusunenägusid, ja lõpuks viis end aeda, et värsket õhku saada. Kõik sõltusid temast ja surve rõhus teda, sest miniatuurse raamatu sisu keerles tema mõtetes.

PEATÜKK 20

SÕNUM PRANTSUSMAALT

E-Z vaatas koos teistega filmi esimese poole, seejärel otsustas ta rahutuna tööd teha. Ta torkas pea oma tuppa, oodates, et leiab Alfredi magamas, kuid teda polnud kusagil näha. Murelikult läks ta tagaukse juurde ja vaatas välja, et näha luike magamas murutoolil välja sirutatuna. Ta sulges ukse, läks tagasi oma tuppa, klappis sülearvuti lahti ja logis sisse.

Ta käis mõtetes paar korda edasi-tagasi, otsustades, kas ta võiks keskenduda oma romaani kirjutamisele või peaks ta selle aja kulutama, et uurida rohkem nende vaenlaste The Furiesi kohta. Üks sõnum, mis tema postkasti helises, tegi tema jaoks otsuse. Sellel oli punane märkeruut, mis tähistas kiireloomulisust, ja kuigi see ei sisaldanud manuseid, ei klõpsanud ta sellele. Selle asemel luges ta seda eelvaates. Või püüdis seda lugeda. Sõnum oli täiesti teises keeles. Ta märkas paar sõna, mille ta tundis ära prantsuse keelsena, nii et ta kopeeris teksti, läks otsingumootorisse ja sisestas järgmise sõnumi veebitõlkesse:

Cher E-Z Dickens,

Je m'appelle François Dubois et j'ai sept ans. J'habite à Paris, en France, et j'aimerais faire partie de votre équipe de Superhéros. Vous vous demandez peut-être quelles compétences j'apporterais à l'équipe. C'est une bonne question et je serai heureux d'y répondre. Mais je me demande si ce site est sécurisé.

Si vous souhaitez me parler davantage, vous pouvez m'envoyer un courriel directement. Mon adresse de courriel est jointe. J'ai hâte d'avoir de vos nouvelles.

Votre ami,

Francois

Ta vajutas send ja järgmine tõlge tuli:

E-Z Dickens,

Minu nimi on Francois Dubois ja ma olen seitse aastat vana. Ma elan Pariisis, Prantsusmaal, ja ma tahaksin olla teie superkangelaste meeskonnas. Te võite küsida, milliseid oskusi ma meeskonda kaasa tooksin. See on hea küsimus ja ma vastan sellele hea meelega. Aga ma ei tea, kas see sait on turvaline?

Kui soovite minuga lähemalt rääkida, võite mulle otse kirjutada. Minu e-posti aadress on lisatud. Ootan huviga teiega ühendust.

Teie sõber,

Francois

Intrigeerituna luges ta sõnumit mitu korda uuesti läbi, mõeldes selle ajastuse üle. Mõtles, kas ta oli paranoiline, kui ta arvas, et see laps, kes tuli Prantsusmaalt, võib olla vandenõus fuuriaga. Isegi kui ta oli liiga ettevaatlik, oli tal selleks õigus ja oma meeskonna juhina pidi ta veenduma, et sellised päringud on seaduslikud. Ta vajaks onu Sami abi, et seda kontrollida, kuid esialgu pani ta välja mõned tundmikud ja vaatas, mis tagasi tuleb.

Ta kirjutas kiire sõnumi ilma tõlkimata. Poiss võis kasutada otsingumootorit, nagu ta seda tegi, ja leida tõlkija ning pärast seda, kui ta oli seda mitu korda uuesti läbi lugenud, vajutas ta SENDI.

Kallis Francois,

Tänan teid teie sõnumi eest. Kuidas te meist kuulsite?" Lugupidamisega,

E-Z.

Francois' vastus tuli tagasi nii kiiresti, et E-Z tundis end veelgi kahtlasemalt. Seekord oli see inglise keeles:

Lugupeetud E-Z,

Tänan teid kiire vastuse eest.

Minu õpetaja nägi teie veebilehte ja me õppisime teie ja teie meeskonna kohta meie päevakajaliste sündmuste tunni raames.

Loodan, et kuulen sinust peagi.

Teie sõber,

Francois.

See kõlas kindlasti õiguspäraselt. Ta sisestas teise sõnumi, küsides Francois'lt, milliseid superkangelaspädevusi ta oma meeskonnale pakkuda saab, et ta saaks seda nendega arutada. Hetki hiljem saatis Francois talle järgmise sõnumi:

Kallis E-Z,

Tänan teid võimaluse eest rääkida teile minu superkangelase võimetest.

Esiteks, nagu sina, ei ole ka mina alati olnud superkangelane. See on midagi, mis meid ühendab. Seepärast arvasin, et sobin hästi teie meeskonda.

Selle asemel, et teile rääkida, tahaksin teile näidata. Lisatud on privaatne kutse meie YouTube'i kanali vaatamiseks - mu isa aitas mind. Link on kättesaadav ainult teile ja kutse vaatamiseks lõpeb kahekümne nelja tunni pärast.

Ma ootan teid pärast selle vaatamist.

Teie sõber,

Francois.

Uudishimulik ja kõhklematult klõpsas E-Z lingile. Avanes sõnum, milles paluti tal vastata küsimusele, millele tal polnud probleemi vastata, sest see oli seotud pesapalliga.

Kui ta oli sees, klõpsas ta klipil, keeras helitugevuse üles ja see algas kohe.

Esimene inimene, keda ta nägi, oli laps, kes tutvustas end seitsmeaastase Francois Dubois'na, teksti kaudu, mis oli temalt tõlgitud ekraani allosas.

Laps oli pikk, väga pikk. Tegelikult seisis ta mitme mõõdupuu kõrval. Tema isa suurendas, et näidata, et Francois oli seitsmeaastasena juba 163 sentimeetrit pikk. Lisaks oma pikkusele nägi Francois välja nagu iga teine seitsmeaastane: punakaspruunid juuksed, paksud prillid tumedate raamidega ninas, ruuduline särk, sinised teksad ja mustad jooksujalatsid.

„Bonjour E-Z!" Francois ütles, säravalt naeratades, mis näitas, et tal puudusid kaks esihammast.

E-Z naeratas tagasi ja vaatas siis, kuidas Francois ja tema isa arutasid mingit asja prantsuse keeles, ilma tõlget esitamata. Nende arutelu tundus nende käte žestide ja näoilmete põhjal tuline. Ta lootis, et Francois ei kavatse midagi ohtlikku üritada.

E-Z jälgis, kuidas Francois jätkas kõndimist Pariisi, Prantsusmaa kõige tuntuma vaatamisväärsuse - Eiffeli torni - suunas. Väljas olev silt näitas, et sissepääs maksis 12-24-aastastele 5 eurot. Francois sulges silmad ja avas need siis uuesti. Oodake hetk. Midagi oli muutunud, võib-olla oli see valgustus.

Ta jätkas vaatamist, kui Francois asus teise sildi kõrvale, millel oli kirjas:

Pariisi maailmanäitus, 15. mai 1889.

„WHOA!" E-Z hüüatas, püüdes aru saada, mida ta just näinud oli. Ajarännak?

Francois sulges silmad ja oli tagasi algse sildi kõrval 12-24 aastat 5 eurot.

Kaamera läks ähmaseks. Mööda ekraani allserva ilmusid sõnad: „Üks hetk palun."

Klõpsuga hakkas kaamera taas jooksma, kuid seekord seisis Francois Pariisi Notre-Dame de

Paris'i katedraali kõrval. Alates 2019. aasta suurest tulekahjust ehitati seda ümber ning tellingud ja kraanad töötasid usinalt.

Nagu varemgi, sulges Francois silmad ja avas need siis uuesti.

„Mitte mingil juhul!" E-Z hüüatas.

Francois oli 1163. aastal samal päeval, mil pandi paika esimene kivi suure Notre-Dame'i katedraali jaoks.

E-Z lõi pausi. Kas see võis olla võltsing? Muidugi võis. Tänapäeva tehnoloogia juures võib igaüks võltsida mida tahes. Ja ometi ütles talle miski sisimas, et see on seaduslik. Ta vajas siiski teist arvamust. Ta vajas onu Sami.

Vaadates ekraanil peatunud Francois'd, vajutas E-Z käivitusnuppu. Francois lehvitas, kui klipp lõppes.

E-Z klõpsas ja pöördus tagasi oma postkasti. Ta vajutas vastamist ja kirjutas Francoisele järgmise e-kirja:

Kallis Francois,

Tänan, et lubasid mul oma supervõimet näha. Mul on vaja meeskonnaga rääkida. Kui me otsustame sind vastu võtta, siis kui kiiresti saad sa meiega liituda?

Sinu sõber,

E-Z

Ta ootas hetke ja luges oma sõnumi uuesti läbi, enne kui vajutas saatmise klahvi. Ta kaalus, kas või millal, ja muutis selle siis, kui. Otsustamata kaalus ta Francois'i ajarännaku supervõimet. Poiss oleks hämmastav täiendus meeskonnale.

Siiski pidi ta saama teise arvamuse. Enne mõtles ta edasi. Ta kirjutas Samile: „Kas sul on hetk aega?"

Tema postkasti paiskus uus e-kiri sõnadega:

HI E-Z,

Kui sa mind meeskonda vastu võtad, kas sa saaksid mulle järele tulla?

Sinu sõber,

Francois.

Selle üle pidi ta natuke mõtlema.

Ta vastas:

Francois ütles: „Ma tulen niipea tagasi.

Teie sõber,

E-Z.

Sam astus kööki: „Mis toimub, lapsuke?"

„Vabandust, et sind filmist eemale viin."

„Olin niikuinii nokitsemas, nii et mul on hea meel, et sain tähelepanu kõrvale juhtida."

„Ma sain meie veebilehe kaudu e-kirja ühelt poisilt Prantsusmaalt, kes soovis meie meeskonnaga liituda. Ta ja tema isa tegid klipi, ma olen seda juba vaadanud. Tal on muljetavaldavad oskused. Vaadake ja andke mulle teada, mida arvate."

Sam jäi kogu aeg vait. Kui see lõppes, palus ta seda uuesti vaadata.

Kui see teist korda lõppes, küsis E-Z: „Mida sa arvad?"

„Ma arvan, et see, mida me näeme, on muljetavaldav. Ajas rändav poiss Prantsusmaalt."

„Me võiksime tõesti sellist supervõimet oma meeskonnas kasutada."

„Täpselt," ütles Sam. „Ja seepärast olen ma selle suhtes kahtlustav. Kas te olete poisiga kirjavahetuses olnud?"

E-Z keris läbi, mida seni oli räägitud.

„Kust ta teab, et sul pole kogu elu supervõimeid olnud?" küsis ta.

„Jah, seda ma ka arvasin. Aga ma arvan, et see on mõistlik oletus. Ta on tark poiss."

„Tõsi," ütles Sam. „Kas sa ei pahanda, kui ma klõpsan ringi, vaatan, mida ma leian?"

E-Z noogutas ja Sam võttis oma sülearvuti kontrolli alla. Ta kontrollis IP-aadressi, mis tundus olevat seaduslik. Tal ei olnud raskusi selle asukoha jälgimisega Pariisis.

Ta otsis Francoise'i nime, leidis, millises koolis ta käis. Leidis, et ta mängis korvpalli. Leidis, et ta oli osav õigekirjas. Ei paistnud, et ta oleks end hätta sattunud.

Siis leidis Sam Francoise'i ema surmateate, kes oli surnud, kui ta oli viieaastane. Surma põhjust ei olnud täpsustatud, kuid paluti teha annetusi Pariisi Rinnavähi Sihtasutusele.

„Kõik tundus olevat seaduslik," ütles Sam.

„Aga kuidas me ikkagi saame olla kindlad? Ma ei taha võtta mingeid asjatuid riske."

„Ainus viis, kuidas seda kindlalt teada saada, oleks küsitleda last isiklikult." Ta kõhkles: „Hm, ta küsis, millal te saate talle järele tulla. Nüüd, kui ma järele mõtlen, on see üsna kummaline mõte ajarändurilapse jaoks."

„Jah, ma ei olnudki nii mõelnud."

„Üks asi on kindel, E-Z, kui keegi teda kätte saab, siis mina. Sind on siin vaja."

„Ma hindan pakkumist, onu Sam, aga sinu elu ohus ei ole võimalus."

„Okei,“ ütles Sam. „Kas sa oled Alfredilt midagi kuulnud?“

Märksõnal kõndis Alfred kööki. „MIS?“ küsis ta.

ZAP

Väike valge kohev kassipoeg jõudis kohale.

„Bonjour E-Z, je m'appelle Poppet. Francois m'envoie.“

„Oi poiss,“ oli kõik, mida E-Z ütles.

Kohe pingerdas Francois' e-kiri, milles oli kirjas:

„Kas ta jõudis ohutult kohale?“

Onu Sam ütles: „Noh, see vastab meie küsimusele.“

E-Z kirjutas: „Jah, ta on siin.“

ZAP

Poppet kadus.

„See on nii lahe,“ trükkis Francois. „Kui sa oled valmis, kui tahad mind oma meeskonda, siis proovin seda ise.“

„Hoidke esialgu kinni,“ ütles E-Z.

„Kuidas Poppet teadis, kus me elame?“ Sam uuris.

„Seda ma ei tea.“

PEATÜKK 21

FRANCOISE'I OTSUS

Järgmisel päeval kutsus E-Z kokku erakorralise rühma koosoleku. Kui kõik olid istunud, asus ta kohe asja juurde.

„Üks potentsiaalne uus liige on palunud meie meeskonnaga ühineda. Sam ja mina oleme tema avaldust uurinud ja kõik tundub seaduslik.“

„Ma toetan seda arvamust,“ ütles Sam.

E-Z noogutas: „Francois on ajarändur.“

„Vau!“ Lia ütles.

„Suurepärane!“ Lachie ütles.

Teistel olid sarnased kommentaarid, välja arvatud Charlesil, kes küsis: „Mis on ajarändur?“

„Sa oled!“ Brandy ütles.

„See on keegi, kes reisib ühest ajast teise,“ ütles Lia.

„Võib-olla lihtsalt vaatad seda klippi, siis saad paremini aru, me kõik saame paremini aru, mida ta suudab." Ta heitis pilgu Alfredile: „Aga enne, kui me räägime Francois'st, tahaksin ma anda sõna Alfredile, et ta saaks meid teavitada sellest, mida ta raamatus avastas. Üle sulle, Alfred."

Trompetijuhan puhastas kurku, kui kõik pilgud pöördusid tema poole.

„Ma käisin kõik läbi, ette, taha, kõrvale, ja ma kardan, et sellest pole palju abi. Kuna Raevudele anti konkreetne mandaat - ja nad järgivad seda (kuigi nad painutavad reegleid), ei usu ma isegi, et Zeus võiks neid karistada selle eest, mida nad teevad."

„Sa tahad öelda, et see on lootusetu?" Brandy küsis.

„Ei, ma ei ütle, et see on lootusetu, aga ma lihtsalt ei näe väljapääsu. See tähendab, kui nad ei tea seda, mida meie teame."

„Mis on?" Brandy küsis.

„Erieli plaan. Kuidas ta neid kasutas. Kus Eriel on. Kuidas ta on sidepidamata."

„Tõsi, nad peavad imestama, miks ta nendega ei suhtle," ütles Lachie.

„Ja see võib tekitada usaldamatust," lisas Brandy.

„Mis siis, kui,“ ütles Sam, ‚see teave neile lekib?‘ ‚Ma mõtlesin sama,‘ ütles Samantha. „Võib-olla ilma temata pööraksid nad saba ja põgeneksid.“

„See võib aga ka vastupidi minna. Ilma temata, kes neid rihma otsas hoiab, võivad nad seda teha. Noh, kes teab, mida nad siis teeksid!“ E-Z ütles.

„Nad on juba palju hingesid kogunud,“ ütles Lia. „Ma arvan, et E-Z-l on õigus. Teadmine, et ta ei ole enam pildil, võib neid julgemaks muuta.“

Alfred märkas, et vestlus on takerdumas: „Räägime siis Francois' supervõime oskustest. Ta on ajarändur. Kuidas ta võiks meid aidata?“

„Üks asi veel,“ alustas E-Z, "ja see on onu Sam, kes seda märkas, nii et võib-olla oleks ta parim inimene seda selgitama.“

„Ei, mine sina,“ ütles Sam.

„Francois saatis siia kassipoisi.“

„Kassipoeg?“ Sobo küsis.

„Jah. Tema nimi oli Poppet ja ta saabus kööki. Sain Francois'lt kohe sõnumi, et kas ta jõudis tervelt kohale. Ta ütles tere - jah, ta oskas rääkida. Kinnitades, et ta on ohutult kohale jõudnud, hüppas ta jälle välja. Sam esitas hiljem küsimuse, kuidas ta teadis, kus me elame.“

„Oot," ütles Charles. „Kas keegi ei öelnud mulle, et teie aadress on internetis avaldatud?"

„Ma kuulsin seda ka," ütles Brandy.

Sam ütles: „Vau, see tundub, nagu oleks see juba ammu olnud, aga see on tõsi."

Nad kogunesid Sami ümber ja nägid, et nende maja on internetis ühendatud veebilehele, et kõik maailmas saaksid seda näha.

„Noh, selles pole kahtlustki. Kui nad teavad, kes me oleme, siis teavad nad ka, kus me oleme," ütles Sam. „Välja arvatud juhul, kui..."

„Välja arvatud juhul, kui mis?" E-Z küsis.

„Välja arvatud juhul, kui nad ei ole nii tehnikavõimelised, kui me arvame."

Sobo ütles: „Ära kunagi alahinda vaenlast. Nii saavad ebaväärikad kaabakad kangelasteks."

„Okei, vaatame kõigepealt, kuidas Francois ajas rändab, ja siis teeme ajurünnaku, kuidas ta võiks meid aidata meid Fuuriate võitma," ütles E-Z.

Nad vaatasid klippi vaikides. Kui see lõppes, ütles E-Z: „Ma kirjutan nimekirja. Kes tahab alustada?"

„Ei," ütles Sam. „Ma arvan, et me peaksime selle üles kirjutama vanaviisi. Tead, pliiatsi ja paberiga." Ta haaras köögisahtlisse ja tõmbas sealt välja märkmiku, mida nad kasutasid toidunimekirjade koostamiseks, ja pliiatsi. „Mine sina ja mõtle, mina olen sekretär. Ja sa ei pea mulle isegi palka maksma.“

Paar naeru ja naeratust, siis hakkasid ideed voolama:

#1. Francois võiks minna ajas tagasi, teada saada, mis PJ ja Ardeniga juhtus, ja selle peatada.

#2. Francois võiks minna ajas tagasi ja peatada kõigi laste tapmise.

#3. Francois võiks minna ajas tagasi ja peatada E-Z vanemate tapmise, peatada tema õnnetuse.

#4. Dito re: Lia õnnetus.

#5. Ditto: Alfredi perekonna õnnetus.

#6. Ditto: Lachlani kinnipidamine puuris.

Vahepalad.

Haruto oli oma uue perega rahul. Loo lõpp.

Brandy oli rahul sellega, et ta võib surra ja uuesti ellu tulla, kuigi ta küsis, kas tagasipöördumine proovipäevale on elujõuline variant. See palve lükati ühehäälselt tagasi.

Ka Charles ei kahetsenud midagi.

Ajurünnak jätkus:

#7. Francois võiks minna tagasi aega enne Raevude loomist, et tagada neile Achilleuse kanna andmine.

#8. Francois võiks minna ajas tagasi, esimesele päevale, mil Eriel kohtus Fuuriaga. Ta võiks olla spioon. Või võiks ta veenduda, et nad üldse ei kohtunudki?

#9. Kui Poppet võiks sisse ja välja pugeda, kas Francois võiks sama teha?

Alfred ütles: „Oot, oodake korraks. See on täiesti hullumeelne, aga mis siis, kui Francois läks tagasi ja tühistas Raevu ära."

„Vau, see on suurepärane idee!" E-Z ütles. „Aga kõigis lugudes, mida ma olen lugenud ajarännakute kohta, on eludega mängimine ja sündmuste muutmine alati taunitud."

„Jah, ma mäletan seda filmist „Tagasi tulevikku". Aga isiklikust kogemusest," selgitas Brandy, "kui ma suren ja tulen uuesti tagasi, on see nii, nagu polekski minu surmale eelnenud sündmusi kunagi toimunud. See on nagu unenägu, kui sa mõistad, mida ma mõtlen?"

„Sam venitas ja haigutas. „Lapsed ärkavad varsti üles. Ma ei taha ületada E-Z juhtkonna piire, aga ma arvan, et me peame enne mõtlema, kui midagi ette võtame."

„Nõus. Tänan kõiki suurepärase ajurünnaku eest," ütles E-Z.

Ja koosolek katkestati.

PEATÜKK 22

SOODUSMAIJA

Lia ja teised veetsid päeva oma asjadega. Õhtul viskles ta kurnatuna ringi, kuid ei saanud magada. Pärast tunde kestnud magamatust ja pidevat muretsemist läks ta pettunult alla sooja piima järele.

Ta pistis tassi mikrolaineahju sisse, vajutas 40 sekundit ja vajutas siis käivitusnuppu. Kui kell tagasi luges, vaatas ta numbreid 39, 38, 37, 36 jne, kuni ilmus number 33. See oli viimane number, mida ta nägi.

„Uh, tere, Little Dorrit," ütles ta, soovides, et ta oleks oma hommikumantli selga pannud. „Kuhu me läheme?"

„Me oleme missioonil," ütles ükssarvik. „Kuhu me läheme?"

„Sa ei tea, kuhu?"

„Ei. Ma tegelesin oma asjadega, kui sa mind kutsusid, Lia, kas sa ei mäleta?"

„Ma ei kutsunud sind," ütles Lia. „Ma ei ole veel magama läinud. See on kummaline."

Ükssarvik jäätus keset õhku.

WHOOSH

Väike Dorrit tõusis täiskiirusel õhku.

„Argghh!" Lia hüüdis, hoides kinni. „Mis toimub? Miks sa nii kiiresti sõidad?"

„Ma ei tea," ütles ükssarvik. „See on nagu keegi või miski oleks mu üle kontrolli võtnud." Ta püüdis peatuda, nagu ta oli teinud vaid hetkede eest. Nüüd, ükskõik mida ta ka ei teinud, ei suutnud ta peatuda. Ta ei suutnud ka aeglustada.

„Hoia tugevalt kinni!" Väike Dorrit hüüdis, kui tema keha hakkas pea ees veerema. „Oh ei!"

Lia karjus, kuid hoidis end elu eest kinni. Lõpuks lõpetasid nad veeremise, kuid selle asemel, et aeglustuda, kiirenesid nad veelgi kiiremini.

Nad lendasid edasi ja edasi, kui öö muutus päevaks. Kui päike taevas ülespoole jõudis, vähenes vahemaa tema ja nende vahel.

„Mul on tunne, et mu nahk põleb!" Lia hüüatas.

„Mu karvkate ka," ütles Väike Dorrit. „Las ma proovin meid uuesti ümber pöörata." Ta tõesti proovis ja nagu varemgi, veeretasid nad pea ees, pea ees, sulgedes vahe nende ja kuuma päikese vahel.

„Me peame tagasi pöörduma!" Lia karjus. „Kui me seda ei tee, on meile otsa saanud."

„Aga ma ei suuda peatuda. Ma ei suuda midagi teha. Oota, ma palun Beebi abi."

Leegitseva päikese taustal ilmusid nähtavale kolm tiivulist olendit. Nad hoidsid käest kinni, kui nende mustunud rõivad keerlesid ja keerlesid nende kehade ümber.

SNAP!

SNAP!

SNAP!

oli heli, mis täitis õhku, nagu piitsa naksumise heli, kui Lia ja Väike Dorrit tõmmati selle poole, nagu oleks neid tõmbekiir tõmmanud. Äike mõllas, kuigi tormi polnud näha, kui päikese küünised nende poole sirutasid, ähvardades nende eksistentsi lagundada.

„Me oleme läbi!" Lia ütles. „Aitäh, et sa üritasid meid päästa." Ta kallistas ükssarvikut. „Ma soovin kindlasti, et sul oleksid ohjad. Siis saaksin sind ehk ümber pöörata."

ZAP!

Ohjad ilmusid.

Lia keeras käed nende ümber, kuid enne, kui ta jõudis neid kontrolli alla võtta, sulasid need olematuks.

„Sul on õigus, ma arvan, et me oleme läbi," ütles Little Dorrit. Tema silmadest voolasid klaasist pisarad.

BONJOUR

Francois ilmus: „Kas ma võiksin olla abiks?"

„Kindlasti saate," hüüatas Lia. „Viige meid siit minema!"

„Sulge silmad ja hoia kinni," ütles Francois.

Lia ja Väike Dorrit värisesid hirmust.

DING. DING. DING.

Mikrolaineahi. Köök.

Lia kukkus põrandale.

Väike Dorrit maandus ohutult jahedasse ojja, kus ta pritsis ringi ja suundus siis koju.

„Kus sa oled olnud?" Beebi küsis.

„Sa vist ei saanud mu sõnumit kätte. Ära pane tähele. Ma olen liiga väsinud," ütles Little Dorrit. „Ma räägin sulle sellest hommikul."

PEATÜKK 23
JÄRGMINE PÄEV

Is t oli Sobo kord hommikusööki valmistada, ta oli see, kes leidis Lia põrandalt kokku rullituna nagu maha visatud villakera.

Sobo lasi välja karjuda: „Tule kiiresti! Meie Lia vajab abi!"

Samantha jõudis esimesena kohale. Ta surus kohe huuled Lia otsaesisele, et kontrollida temperatuuri, ja hüüdis siis oma abikaasale, et ta tooks termomeetri, et seda veel kord kontrollida.

„Tema temperatuur on 107,7," kinnitas Sam. „Me peame ta haiglasse viima."

Samantha vajutas hädaabinumbrile, samal ajal kui Sam võttis Lia üles, kandis ja pani ta diivanile ning nad ootasid kiirabi.

„Mina hoian vahtimist," ütles Sam, kui tema naine ja Sobo järgnesid parameedikutele, kes teadvuseta Liat kandis kanderaamidel.

Kui kiirabi sireeniga kõnniteelt eemale sõitis, avas Lia silmad ja püüdis istuda.

„Ma tunnen end hästi," ütles ta.

Parameedik kontrollis uuesti tema temperatuuri ja see oli normaalne. Ta kehitas õlgu.

Selleks ajaks, kui nad haiglasse jõudsid, oli Lia jälle endine ja tahtis taas koju minna - kohe.

„Kuigi tema elutingimused on nüüd korras, kuna te helistasite meile, peame järgima. Lia võetakse vastu ja kui valvearst annab talle loa, võib ta koju minna."

„Noh, laske mul vähemalt sisse minna," ütles saatja, kui juht avas uksed.

„Ei, väike daam, sa jääd paigale," ütles ta, kui nad valmistusid kanderaami ja selle elaniku sisse viima, kusjuures Samantha ja Sobo järgnesid.

Samantha saatis Samile tekstisõnumi. Ta vastas pöidla üles-emojiga, just siis, kui ta praktiliselt vastu PJ ja Ardeni vanematele, kes olid teel väljapoole.

„Nad on ärkvel! Meie poisid on ärkvel!"

„Mõlemad?" Samantha hüüatas, kui ta edastas selle viimase info Samile, kes, äratas oma vennapoja, et talle head uudist öelda.

„Tulen kohe!" E-Z ütles pärast takso kutsumist.

PEATÜKK 24
HOSPITAL

E-Z oli teel oma kahe parima sõbra juurde. Taksos kordas ta meelest ikka ja jälle häid uudiseid. Nii palju oli juhtunud. Nii palju, millest nad olid ilma jäänud. Nii palju asju, mida ta pidi neile ütlema. Mida ta tahtis neile öelda.

„Kas te teate, millises toas?" küsis õde.

Ta ütles talle, et ei, ja naine leidis selle kiiresti üles. Pärast seda, kui ta oli teda tänanud, võttis ta lifti ja suundus nende tuppa, mõeldes, kas ta peaks neile midagi ostma. Lilli? Kommi. Ta otsustas küsida, kas neil on midagi vaja.

Saabudes otse nende ukse taha, kuulis ta seestpoolt nende hääli ja kuulis paar hetke, enne kui tegi oma kohalolekust märku. Siis hingas ta sügavalt sisse, püüdes oma emotsioone tagasi hoida, et need teda ei vallutaks - ta ei tahtnud muutuda pehmeks ja end häbistada...

„Tule sisse, sa suur pehmo!" ütles PJ.

„Ahhhhh, ta igatses meid!" Arden ütles.

„Kas te ei peaks pärast kogu seda iluõhtut rohkem ilusasti välja nägema? Muide, te mõlemad vajate raseerimist!"

„Me ei taha teid varjutada ja ma kuidagi elustan oma habemetunnet," ütles Arden.

„Me teame, et sa armastad tähelepanu! Ma näen, et ka sinu pudelihari vajaks trimmimist!"

PJ ema, kes oli äsja tuppa tagasi tulnud, sosistas E-Z-le, et nad ei taha, et poisid üle pingutada, sest nad on alles paar tundi ärkvel olnud.

Pärast lühikest jutuajamist kallistas E-Z mõlemat sõpra ja ütles, et peab minema. „Ma tulen tagasi," lubas ta, "ja ma söön salaja ühe või kaks burgerit - olen kuulnud, et haiglatoit on tõesti väga-väga halb."

„Sa ei saa!" ütles Ardeni ema, kui ta samuti tuppa tagasi tuli.

Ta ajas oma tooli tagasi, Ardeni ema seisis tema vastas, tema kaks sõpra panid käed kokku, paludes teda, et ta tooks neile palun toitu.

Kui ta mööda koridori edasi liikus, ei suutnud ta uskuda, kui väga ta oli neist puudust tundnud - ja kui hästi nad välja nägid. Ta sõitis liftiga alla hädaolukorda, kus ta leidis Samantha ja Sobo.

„On mingeid uudiseid?" E-Z küsis.

„Tal oli kõik korras, raevukas, et nad panid teda kontrollima," ütles Samantha. „Aga ma tunnen end paremini, kui ta saab kõik selgeks ja me saame siit välja."

„Mina ka," ütles E-Z. „Las ma lähen ja vaatan järele." Ta lükkas mööda koridori. Kuulas, kui ta läks, hääli kardinaga kaetud ala sees, mida ta pidas sissepääsueelseteks jaamadeks. Lõpuks kuulis ta Lia häält seestpoolt ja läks sisse.

„Palun oodake väljas," ütles õde.

„Aga ta on minu õde."

„Ma tahan koju minna - kohe!" nõudis Lia, siis ristas käed üle rinna.

„Teid lastakse välja niipea, kui arst ütleb, et teid võib välja lasta. Ja mitte hetkekski varem."

„Kuidas teil läheb? Ema on sinu pärast mures."

„Ma jätan teid kahekesi jutule," ütles õde. „Arst peaks varsti tulema. Oh, ja veenduge, et ta jääb rahulikuks."

„Uh, aitäh,“ ütles E-Z.

Kui ta oli läinud, kallistasid nad üksteist.

„Väike Dorrit ja mina oleksime peaaegu päikese käes ära põlenud!“ ütles ta. Ta rääkis E-Z-le kõik, nagu see algusest lõpuni juhtus.

„Huvitav, et Francois oli see, kes sind päästis.“

„Ma ei tea, kuidas ta teadis. Väike Dorrit ja mina arvasime, et me oleme hukkunud. See oli kindlasti The Furies. Nad tahtsid meid ära põletada! Meid hakati kõrvetama. Nad on kohutavad, kurjad nõiad!“

„Kas seal olid madud?“ E-Z küsis

„Maod ja piitsad.“

„Kõlab nagu The Furies kõik.“ E-Z kõhkles. Ta vahetas teemat. „Kas sa oled kuulnud PJ-st ja Ardenist?“

Ta raputas pead.

„Nad ärkasid üles!“

„Mitte mingil juhul! See on kummaline kokkusattumus, kas sulle ei tundu? Nad üritavad Little Dorriti ja mind välja võtta, vahepeal ärkavad meie kaks koomasest sõpra üles.“

„Sul on õigus, ma arvan, et see kõik on seotud.“

Samantha lükkas kardinat tagasi: „Mis kõik on seotud?“ Ta kallistas tütart. „Kuidas sa end nüüd tunned, beebi?“

„Ma ei ole laps," ütles Lia. „Aga ma tunnen end paremini ja tahan koju minna. Pärast seda, kui olen PJ ja Ardeniga koos käinud."

Sobo tuli sisse. Ta kallistas Liat.

„Mis sinuga juhtus?" küsis ta.

Lia seletas jälle kõik ära. Tema ema ei võtnud seda nii hästi vastu kui Sobo. E-Z tormas kohale ja valas Samile klaasi vett. Samas kui Sobol oli palju küsimusi. „Sa soojendasid piima, mikrolaineahjus?"

Lia noogutas.

„Ja see oli siis, kui sa köögist välja sikutasid?"

„Jah, ja otse Little Dorriti selga. Little Dorrit ütles, et ma kutsusin teda, aga ma ei olnud seda teinud."

„Ja mis siis juhtus?" Sobo küsis.

„Noh, Little Dorrit lendas ja me vestlesime ja kui kumbki meist ei teadnud, kuhu me läheme või miks, siis mõtlesime tagasi pöörduda. Järgmine asi, mida me teadsime, olime Väike Dorrit ja mina sunnitud üha lähemale ja lähemale päikesele, ilma et meil oleks olnud jõudu ümber pöörata."

„Aga sina ja Little Dorrit ei vasta Fuuriate kriteeriumidele. Nad ei tohiks kumbagi teist puudutada!" E-Z hüüatas.

Samantha ütles: „Võib-olla on see lihtsalt kokkusattumus.

Sobo kordas oma varasemat nõuannet: „Ära kunagi alahinda vaenlast."

Kui Lia sai loa koju minna, üllatasid ta ja E-Z PJ-d ja Ardenit juustuburgerite ja friikartulitega, mille nad sisse smugeldasid.

Samantha, Sobo ja Lia taksos koju sõites mõtles E-Z vaid ühele ja ainult ühele asjale. Fuuriad olid rünnanud Liat ja Little Dorriti ja nad olid läbi kukkunud. Mitte ainult ei olnud nad läbi kukkunud - tänu Francoisele -, vaid kuidagi, kuidagi oli universum saatnud PJ ja Ardeni tagasi.

Juhus? Ta arvas, et mitte. Selle asemel tahtis ta uskuda, et Füüriate jõud vähenesid, kui nad väljusid oma volitustest.

Nii või teisiti pidid ta ja tema meeskond olema igal hetkel valmis olukorda ära kasutama.

See võis olla nende ainus võimalus.

Ainus eelis nende kasuks.

PEATÜKK 25
SOBO

„**Mul on** veel üks küsimus," küsis Sam E-Z-lt enne, kui kõik koosolekule tulid.

„Okei, küsi," ütles E-Z.

„Noh, ma mõtlesin, miks Rosalie ei tea Francois'st."

„Ma," ei jõudnud E-Z kaugemale, enne kui Brandy ja Lia kööki tulid.

„Ära pane meid tähele," ütles Brandy, kui ta jätkas külmkapi avamist, võttis välja apelsinimahla ja jõi selle ära, enne kui viskas konteineri taaskasutuskasti.

„Äh, sa peaksid selle kõigepealt välja loputama," ütles E-Z, mida Brandy ka tegi. Siis lükkas ta end toolile ja pühkis käeseljaga suud.

„Vabandust, ma ei tahtnud olla ebaviisakas, teate, et peatun nii järsku, nagu ma seda tegin. Ma tahtsin, et me kõik oleksime siin, et arutada onu Sami muresid."

„Üsna õiglane," ütles Lia, võttes Brandy kõrvale istet.

Ükshaaval saabusid ka teised ja võtsid oma kohad ümber laua sisse.

E-Z alustas sellega, et teavitas kõiki PJ ja Ardeni imepärasest paranemisest, millele järgnes kõigi, sealhulgas nende, kes polnud neid veel isegi mitte tundnud, äge aplaus.

„Järgmisena on päevakorras ja ma arvan, et need kaks punkti võivad olla omavahel seotud, Lia ja Little Dorriti peteti majast lahkuma ja nende elu sattus ohtu. Kui Francois'd poleks olnud, siis oleks võinud õnnestuda fuuriad, keda me peame vastutavaks."

„Bravo Francois!" Charles ütles.

„Kuidas teid peteti?" Brandy uuris.

„Kus see juhtus?" Lachie küsis.

„Lia, kas sa tahad seda rääkida?" E-Z küsis. Ta raputas pead, ei. „Hüppa sisse, kui ma midagi vahele jätan," ütles ta. Ta läks edasi ja seletas, mis juhtus ja miks nad arvasid, et The Furies on selle eest vastutav.

„Sellest ajast peale olen ma mõelnud The Furiesi ja nende volituste üle. Nagu me teame, peavad nad seda järgima. Kui nad püüdsid Liat ja Little Dorriti tappa, rikkusid nad reegleid. Millist põhjust võisid nad esitada, miks nad üritasid Liat või Little Dorriti tappa?

Nad mitte ainult ei läinud vastuollu oma mandaadiga, vaid nad ka ebaõnnestusid. Mõelge nüüd sellele, mis juhtus täpselt samal ajal - ma mõtlen muidugi PJ ja Arden - nad tulid oma koomast välja. Juhus? Ma arvan, et mitte.

„Ja mida rohkem ma neid mõtetes ühendan, seda rohkem ma mõtlen, kas Fuuriad võivad nõrgeneda. Kui mul on õigus, siis võib praegu olla õige aeg neid maha võtta.“

„See on võimalik,“ ütles Alfred, „aga ma mäletan, et lugesin kooliajal Einsteinist - mis võib tõestada vastupidist. Ma mõtlen, et see ei pruukinudki olla The Furies. See võis olla hoopis ruumi-aeg-kontinuumi häire. Kuna Francois suutis neid päästa ja keegi meist ei teadnud, et see toimus, tundub see võimalus, mida tasub uurida, kas poleks?“

Sam kõndis ringi. „Arvestades kõike, mida me teame Raevude kohta, ja seda, mida ma mäletan oma Einsteini-õpingutest - selleks, et ruumiajakontinuumi painutamine oleks üldse võimalik, oleks Lia ja Väike Dorrit pidanud liikuma valgusest kiiremini - 186 282 miili sekundis. Kui te nii kiiresti liikuksite, siis liiguksite ajas tagasi, mitte edasi.“

„Me sõitsime kiiresti, aga mitte nii kiiresti,“ ütles Lia.

„Räägi meile veel kord, mis juhtus, Lia. Kaadrihaaval. Kuni Francoise'i ilmumise hetkeni," ütles Alfred.

Lia lugu algas köögis ja lõppes sellega, et ta oli haiglas.

Käte tõstmisega hääletasid kõik, et nad uskusid, et fuuriad on vastutavad, kuid keegi ei osanud siiski selgitada, miks Francois teadis või kuidas teda kutsuti.

„Kas te kutsusite teda?" E-Z küsis. „Ma mõtlen, kuidas ta teadis? Mida ma kavatsen temalt küsida."

„Mis toob mind tagasi sinna, kust me täna alustasime," ütles Sam. „Ja minu küsimus on, miks Rosalie ei teadnud Francois'st."

„Ja kuidas on Väike Dorrit?" Sobo uuris.

„Ma ei tea Francoise'i kohta, aga ükssarvik magas, kui ma täna hommikul rohu järele nipsasin."

„Ah, see on hea," ütles Lia.

„Võib-olla on arstidel seletus, miks PJ ja Arden just siis ärkasid, kui nad ärkasid?" Sam küsis.

„See on tõsi, võib-olla, aga ma ei näe, kuidas see meie jaoks oluline on. Tegelikult mitte. Peaasi on see, et nad on ärkvel ja me ei tea ikka veel, kas nende eest vastutasid Raevud. Küll aga on meil tõendeid selle kohta, mida nad on teinud teiste lastega, ja ühel või teisel moel peame nad maksma panema. Ja me peame nad peatama.“

„Võib-olla on arstidel seletus, miks PJ ja Arden ärkasid just siis, kui nad ärkasid?“ Sam küsis.

„See on tõsi, võib-olla, aga ma ei näe, kuidas see meie jaoks oluline on. Tegelikult mitte. Peaasi on see, et nad on ärkvel ja me ei tea ikka veel, kas nende eest vastutasid Raevud. Küll aga on meil tõendeid selle kohta, mida nad on teinud teiste lastega, ja ühel või teisel moel peame nad maksma panema. Ja me peame nad peatama.“

„Siin! Siin!“ Charles ütles, paiskates käega lauale.

„Kas me saame veel natuke Francois'st rääkida,“ uuris Brandy.

„Mis siis, kui ta ei taha meile midagi rääkida,“ küsis Charles, “kui me teda meeskonna liikmeks ei võta?“

„Charlesil on põhjendatud mõte,“ ütles E-Z. „Ma olen valmis kasutama seda Francois'ga testina. Kui ta ei ütle meile, mida ta teab, siis võib-olla ei ole ta mõeldud meie hulka.“

„Mis siis, kui ta on tõesti hea valetaja?“ Brandy küsis. „Ja mõned inimesed on suurepärased valetajad.“

Lia ütles: „Miks me ei tee Zoom-kõnet? Me saaksime kõik temaga vestelda, näha, mis ta endast kujutab, ja siis saaksime hääletada? Ma olen juba valmis jah-häälega hääletama."

„Ei," ütles E-Z. „Ma ei taha, et ta teaks Charlesist, Harutost, Lachiest või Brandyst. Kõik, mida ta praegu teab, on see, mida ta netist leiab."

„Ja ometi," sekkus Sam, "suutis Poppet meie majja sisse pugeda."

„Jah, see ongi nii," ütles E-Z.

„Pealegi päästis ta Little Dorriti ja mind - seega teab ta temast."

„Mulle tundub, et me käime ringiratast," ütles Alfred. „Vahepeal sureb üha rohkem lapsi, kes kuuluvad teistele hukkunutele ja lähevad hingepüüdjatesse," ütles Alfred. „Ma nii väga lootsin, et me oleksime kaugemale jõudnud, pärast seda, kui ma raamatus oleva teabe dešifreerisin."

„Oot," ütles E-Z. „Kas keegi on täna näinud Hadzi ja Reikit?"

Keegi polnud.

E-Zi telefon helises. Tuli pikk tekstisõnum PJ-lt ja Ardenilt:

„Ära küsi, kuidas, aga me teame, et The Furies on sinu poole tulemas. Ja jah, meil on plaan. Me peame teadma kohe, kui te neid näete. Saada meile tekstisõnum - ja Haruto.“

E-Z vastas. „Mis????“

„Usalda meid,“ kirjutas PJ.

Mõlemad vahetasid pöidlaid ülespoole emojisid, siis selgitas ta Harutole ja teistele olukorda.

Teadmine, et The Furies on valmis nüüd, vaenlase territooriumil ja ilma nende juhi Erielita, võitlust alustama, pani E-Z-d muretsema. Tänu PJ-le ja Ardenile olid nad siiski kaotanud üllatuselemendi.

Ikka veel istuda ja oodata nende saabumist ei olnud parim strateegia.

Kuid nüüd oli neil eelis. Nad pidid vaid istuma ja ootama - ja lootma.

PEATÜKK 26

OOTAMATUD KÜLALISED

Kõik tegid oma tööd, püüdes end ootamise ajal hõivata. Siis tungis isegi läbi telliskivist seinte pääsematu hais läbi.

„Mis see on?" Lia hüüdis, hoides sõrmedega nina kinni. „Ma tunnen seda ikka veel!"

Brandy tegi sama parema ja vasakuga pihustas ta õhuvärskendajat ümber ruumi, mis selle asemel, et vähendada haisu jõudu, näis õhku paksemaks muutvat ja seda võimendavat.

„Lähme välja!" Lachie ütles. „Äkki on väljas parem?" Ta viskas ukse lahti, kuigi loogika ütles talle, et kui lõhn oli sees halb, siis väljas pidi see olema veel hullem. Esialgu olid tema meeled petetud ja ta ei haistnud midagi. Kas ta hakkas sellega harjuma? Kas Raevukad olid maja sisemuses haisupommid?

Siis märkas ta Little Dorriti ja Beebit, kes keerlesid ülalpool. „Siin üleval pole parem!" Baby ütles.

„Ükskõik, kuidas me läheme!" Little Dorrit lisas.

Siis tabas teda jälle see hais nagu löök näkku ja ta kaotas hetkeks tasakaalu. Ta märkas riidepuud ja riideklambrid ning jooksis nende poole. Ta pigistas ühe nina kinni ja voila, ta ei haistnud enam midagi. Ta viipas Little Dorritile ja Beebile, et nad tuleksid alla, ja kui nad seda tegid, rakendas ta vajalikud näpud (nende nina vajas mitut), kuni ka nemad ei saanud enam haisevat lõhna tunda.

„Aitäh," ütlesid Little Dorrit ja Baby, kui nad maast üles tõusid. „Me hoiame silma peal."

Lachie heitis neile pöidlaid, siis märkas, et aia taga aia suunas kulgeva tee ääres oli väike möll. Rühm olendeid moodustas ringi, nagu oleks neil koosolek. Ta suundus tema poole, kui üks öökull tõusis oksalt ja maandus tema õlale.

„Äh, tere," ütles ta, vaadates öökullile silma. „Kas me oleme varem kohtunud?" Öökull noogutas ja siis tundis ta ära, kes see oli. See oli Sobo. „Kui sa ütlesid, et su supervõime on muundumine, siis ma ei mõelnud sinust niimoodi!"

„Haruto ei tea," ütles ta. „Vähemalt ei usu, et ta mind mäletab - veel." Ta lendas tagasi olendite grupi juurde: „Tule meiega," ütles ta.

Lachie kõndis nende seas, tutvudes ükshaaval hirve nimega Oboe, pesukaru nimega Charlie, rebase nimega Louise, linnu (Blue Jay) nimega Lenny ja teise linnu (Cardinal) nimega Percyga.

„Me oleme tulnud, et aidata," ütles hirv Oboe, "aga me kardame väga Raevu."

„Laske mind nende peale!" Charlie, pesukaru, hüüdis. „Ma kraapin neile silmad välja."

„Ja ma rebin neile kurku välja!" Louse, rebane, hüüdis.

„Hoo! Oot, oodake korraks!" Lachie ütles. „See ei ole sinu võitlus. Kuigi ma hindan teie ametit, et aidata, miks te ei anna meile kõigepealt proovida? Kui me vajame sinu abi, siis ma vilistan ja sa võid siis sisse tulla?"

„Tal on õigus," ütles Sobo. „Kuigi ta ei pea silmas mind." Ta vaatas Lachie'le otsa, et veenduda, et tema oletused on õiged, ja vastas noogutusega. „Ma pean oma lapselast ja teisi kaitsma."

Lenny ja Percy, kaks teist lindu, säutsusid omavahel.

Sobo, kes oli seni olnud rahulik, hakkas nüüd kõige ebastabiilsemalt lehvitama, korrates: „Paha on tulemas! Kohutavad asjad on tulemas! Kohutavad asjad on tulemas!“

„Shhh, Sobo,“ ütles Lachie, püüdes teda rahustada. „Me oleme valmis ja nad ei tea, et me teame, et nad tulevad.“

TÜMPS TÜMPS TÜMPS TÜMPS TÜMPS

THUMP THUMP THUMP THUMP THUMPING

THUMP THUMP THUMP THUMP THUMPING

oli heli, mida maapind nende jalgade all tegi, pulseerides nagu süda, mis üritab rinnust välja murda.

Põrgutamisele järgnes trummeldamine.

Siis trummeldamine.

"Raevud tulevad!

Raevukad tulevad!

Fuuriad tulevad!"

Samal ajal kui taevas nende kohal kobises

Ja pöördus.

Ja põles.

Säravast sinisest verise oranžpunaseks.

Naabrid ronisid õue, nagu naabrid ikka - et näha, mis see haisev lõhn endast kujutab. Mõni lärmakas pargipidaja ohkas, kui tema meeled olid ülekoormatud, ja mõni tõi popkornit välja verandale, et süüa ja vaadata.

Neil polnud aimugi, milline oht nende poole tuli.

Ja ometi oli vihjeid.

Särtsakad sosinad.

Põrinad põrinad põrinad põrinad põrinad.

Ometi ei taganenud paljud oma kodude ohutusse ossa.

Selle asemel sõid nad popkorni ja jõid limonaadi, oodates kogu aeg.

GAPING

Ilma **ESCAPINGuta.**

Samal ajal kui maapind nende jalgade all oli

TÜMPS TÜMPS TÜMPS TÜMPS TÜMPS TÜMPS

PUMM, PUMM, PUMM, PUMM, PUMM, PUMM.

PUMM, PUMM, PUMM, PUMM, PUMM, PUMM

Siis järgnes peksmisele trummeldamine.

Siis trummeldamine.

"Raevukad tulevad! Fuuriad tulevad! Raevukad tulevad!"

$$\bigstar\bigstar\bigstar$$

Lähme välja!“ E-Z hüüdis. „Ja astume neile vastu!“ Ta viskas välisukse laialt lahti, nii et see vastu seina põrkas.

Brandy, Lia, Haruto, Charles ja Alfred olid tema selja taga, valmis tegutsema kohe, kui neile käsk antakse.

Ta heitis pilgu üle õla, et näha, kuidas Sam ja Samantha on väljumas. „Mitte sina,“ ütles ta. „Lapsed vajavad teid sees. Jätke see meile.“

Sam ja Samantha taganesid.

Nüüd seisid neli sõdurit kõrvuti esikusel murul ja ootasid. Võõrastele oleksid nad võinud tunduda nagu rühm lapsi, kes ootavad koolibussi saabumist tavalisel koolipäeval. Kuid see polnud tavaline päev. See oli Armageddon.

Lia käed värisesid ja värisesid, kui ta otsis oma meelt, avas oma mõtte, lootes, et tema supervõime dešifreerimine võimaldaks tal pääseda ligi Raevude mõtetele. Et ta suudaks end välja panna ja leida mingeid vihjeid, mingit teavet, mis aitaks tema meeskonda - kuid tema mõistus jäi tühjaks.

Alfred ütles: „Ma lendan katusele. Vaatan, mida ma näen."

E-Z noogutas. „Hoidke end turvaliselt. Oh, ja vaata, kas leiad Lachie ja Sobo." Ta oli juba märganud ükssarvikut ja draakonit, kes lendasid kõrgel nende kohal. Ta näitas neile pöidlaid.

Kõva vile ja Sobo sukeldus alla, Lachie hüppas talle selga ja üheskoos liitusid nad Alfrediga katusel. Nende kõrval maandus öökull.

„See on Sobo," ütles Lachie.

„Näed midagi?" E-Z uuris.

Alfred lehvitas tiibadega: „Meie poole tuleb jäämäe suurune hiiglaslik riiul, aga see liigub kiiresti."

E-Z püüdis seda mõttes ette kujutada, kuid ei suutnud, sest kuidas kurat küll kavatsesid ta ja tema meeskond sellist asja peatada? Kuidas?

„See liigub meie poole nagu tsunami," ütles Alfred.

„Aga see ei ole veest," ütles Lachie. „See nägi välja, nagu oleks see tehtud liivast. Liivalainest. Kandis kolm musta riietatud naist."

Liivalaine, jah, nüüd võis ta seda ette kujutada. „ETA? Ma mõtlen hinnangulist saabumisaega?" E-Z küsis.

„Raske öelda," ütles Alfred. „Minutid..."

Kogu aeg nende jalgade all **trummeldas** maapind edasi .

Ja **trummeldas.**

"Raevud   tulevad! Fuuriad   tulevad! Raevud tulevad!"

Mine sisse!" hüüdis E-Z uudishimulikele naabritele. „Sulgege uksed, lukustage need. Ja keegi paneb sotsiaalmeediasse teate üles. Ütle kõigile, et nad jääksid siseruumidesse. Ütle neile, et nad ei tohi enam õue tulla, kuni nad saavad minult loa! Ja nüüd minge!"

SLAM.

SLAM.

Üle õla vaatasid Alfred, öökull, Lachie ja Baby välja, jälgides, kuidas lehvitus sulges vahemaa Füüriate ja tema meeskonna vahel, samal ajal kui Little Dorrit hoidis kõrgel üleval valvsalt silma peal.

Plaani tegemiseks oli liiga hilja. Liiga hilja teha midagi muud kui loota, et nad on valmis, sest tuul piitsutas ja lükkas neid ringi ning maa peksis nende südamelöökidega sünkroonis.

KRASH.

Tema taga murdus välisuks lahti ja lendas hingedelt. See põrkas ja kolises mööda tänavat, enne kui lõpuks lamades seisma jäi.

Sam astus välja. E-Z pööras oma tooli tema poole, ei uskunud oma silmi.

Sam oli kokku pannud kostüümi, või erinevaid kostüüme, luues omaenda superkangelase tegelaskuju. Tema peas oli rüütli kiiver, mille mask oli üles keeratud. Kui ta ettepoole liikus, laskus see alla ja ta pidi selle tagasi paika klõpsama. Ta oli kandnud silmamusta - nagu pesapallimängijad kannavad, et kustutada pimestust silmade all. Tema rind oli paisutatud, nagu oleks tal särgi all kuulikindel vest, ja tema selja taga vedas pikk must kepp. Alumisel poolel kandis ta musti teksaseid ja oma lemmikpaari jooksukingi.

Superkangelaste meeskond püüdis mitte naerda, kui ta nende kõrval teed võttis, ja nad märkasid, et tema superkangelase nimi - SAM THE MAN - oli õlgade kohal kangasse õmmeldud.

Väike Dorrit sukeldus alla, viskas Brandy selga. Järgmisena hüppas Lachie Beebi selga ja startis. Ta heitis pilgu katusele. Little Dorriti polnud enam seal.

Alfred ja öökull tõusid katuselt maha. Kõik maandusid E-Z ja teiste kõrval.

„Kõik ühe eest!" ütlesid nad. „Ja üks kõigi eest!"

„Aga kus on minu Sobo?" Haruto küsis.

Sobo lendas talle õlale ja ta teadis kohe, et see on tema. Siis muutus ta oma inimvormi.

Lasterühm oli näinud, kuidas onu Sami onuks ja Sobo öökullist vanaemaks muundub, kuid see ei häirinud kedagi neist.

Sest nende jalgade all jätkas maa TUMPIMIST.

Ja **TUMMIB.**

Aga sõnad olid muutunud.

"Raevud on peaaegu siin.

Fuuriad on peaaegu siin.

Fuuriad on peaaegu siin."

E-Z ja tema meeskond vaatasid, kuidas hiiglaslik liivalainetus nagu sadamasse sisenev ookeanilaev triivib. Kuid see asi rebis läbi tänavate, lamedaks lüües maju, puid ja iga elusolendit oma teel. Ja see ei aeglustunud.

Neil polnud piisavalt aega, et ära startida, pealegi olid nad selle asja tohutu suuruse tõttu uimastatud. See siiski peatus ja Raevud valitsesid nende üle, nende hääled kriiskasid naerust, kui nad esimest korda oma vaenlastele pilku heitsid.

„Kas nad on üldse reaalsed?“ Tisi uuris. „Nad näevad välja nagu miniatuursed nukud, kes ootavad, et neile peale astuda.“

„Ma näen, et neil on draakon ja ükssarvik. Ja luikene. Oo, oh imet!“ Ali kiljatas.

„Pea meeles, miks me siin oleme," ütles Meg. „Nüüd käituge te kaks hästi, samal ajal kui ma lähen alla ja vestlen juhiga. Mis ta nimi veel kord oli?"

„E-Zed," kriiskas Tisi.

„E-Zed," hüüdis Ali.

Koos ütlesid nad nime E-ZED, E-ZED, E-ZED, E-ZED."

„Nad kutsuvad sind E-Z-iks," ütles Brandy, kui ta end välja ajas.

„Ei!" E-Z hüüdis. „Oodake minu korraldust!" Kuid oli liiga hilja, Little Dorrit ja Brandy olid juba lennus, kuid nad ei läinud kaugele, leides koha katusel.

E-Z ja ülejäänud meeskond hoidsid end paigal.

„Mida nad ootavad?" küsis Sam.

Charles ütles: „Nad loodavad, et nende hais teeb nende eest tööd. Ta naeratas ja kõik naersid. Kõik peale Sobo, kes transformeerus tagasi oma öökulli olekusse ja lendas Brandy ja Little Dorriti kõrval katusele.

Furidele, kellel oli suurepärane kuulmine ja kellel oli plaan ning kes kavatsesid seda järgida, ei meeldinud olla superkangelaste nalja tagumik ja nad tõusid ükshaaval õhku. Kui nad lähenesid, suurenes hais, kui nende mustad rõivad tuules lehvitasid.

„Püüa!" Lachie hüüdis, viskas igale meeskonnaliikmele riideküünlaid.

Nüüd juba mitte nii haisevad nõiad lendasid lähemale, nii et lapsed allpool said neid lähemalt näha. Isiklikult olid nad suuremad kui elu, sõna otseses mõttes, tänu maodele, mis liuglesid ja libisesid üle nende kehade. Kahvelkeelega sülitavaid madusid saatis piitsade plaksutav heli, mis oli suurepärane psühholoogilise sõjapidamise demonstratsioon.

Algse plaani kohaselt oli Meg see, kes murdis jää, karjudes: „Kus on Eriel? Me teame, et ta on teil! Andke ta meile kätte, KOHE."

Tema kriiskava hääle kõrge heli sundis lapsi kõrvu katma, sest klaasist valmistatud esemed, nagu tänavavalgustus, veranda valgustid, aknad ja isegi kapi klaas, purunesid kilomeetrite kaupa.

Kui ta oli kindel, et Meg enam ei räägi (sest tema suu oli suletud), vastas E-Z: „Ta on seal, kus hoitakse reetureid. Nii et nüüd võite tagasi ronida sinna, kust te kolm välja roomasite!" Ja kui ta lõpetas oma sõnavõtu, tõstis ta maast lahti, millele järgnesid Alfred, Sobo, Little Dorrit koos Brandy Beebiga koos Lachiega pardal.

„See on meie territoorium. Need on meie inimesed - ja teil pole siin mingit asja. Tegelikult pole teil siin maa peal üldse mingit asja. Teil pole kunagi olnudki. Te ei kuulu siia," ütles E-Z. „Ja me oleme teie manipuleerimisest väsinud. Te olete oma käed üle mänginud. Te olete oma võimu kuritarvitanud. Sa oled põlastusväärne. Ja me paneme sind selle eest vastutama."

„Mida selline väike poiss nagu sina meile teha kavatseb?" Megi kõrvale liikunud Tisi hüüdis: „Sõidab meid üle?"

Tema kriiskav naerupahvak täitis õhku, mis pani maapinna ülejäänud meeskonna jalge all lõhki minema. Lia, Haruto, Charles ja Sam kükitasid lõhede vahele, et end kaitsta.

Meg ühines nimepidi naljaga: „Äkki luik kimbutab meid surnuks? Muidugi, me võime ta ära noppida - ja süüa lõunaks!"

Meeskonna mitte-lendavad liikmed kükitasid veelgi tihedamalt kokku. Haruto, kes oleks võinud end ära keerutada, oli liiga hirmunud, et liigutada. Hoides eemale avatud lõhedest maa sees, mis ähvardas nad alla neelata.

„Ja sina väike tüdruk," ütles Alli Liale. „Me püüdsime sind päikese käes sulatada. Sa pääsesid seekord minema. Aga mida sa nüüd meiega teha kavatsed? Kas sa vahid meid käega ja muudad meid kujudeks?"

Fuuriad karjusid taas naerust, samal ajal kui maa nende all tõmbus kokku, nagu üritaks see midagi sünnitada.

„Nüüd on igav," ütles Meg.

Teised kaks õde olid ebatavaliselt vait, nagu oleksid nad ebakindlad, mis peaks olema nende järgmine samm.

„Me raiskame siin oma aega!" Meg lendas E-Z-le veidi lähemale, käed puusadele asetatud: "Me raiskame siin aega! Me ei ole tulnud täna teiega võitlema. Mitte ilma meie juhita. Me tahame vaid teada, kus ta on? Laske ta minna. Laske ta minna - kohe. Ja me säästame lahingu mõneks teiseks päevaks."

„See meeldiks sulle ju!" Alfred karjus.

Mis pani Alli ärevusse.

„Tule minu juurde, väike swanny swanny. Katel ootab sind - sina sulepealne friik!"

„Ta on luik, mitte hani, sa idioot!" Brandy ütles, kui ta Pisike Dorriti enda poole juhtis.

E-Z õnnelik tähelepanu hajutamise üle sai PJ-lt ja Ardenilt teksti ja andis Harutole pöidlaid ülespoole.

Haruto keeras end nähtamatuks ja jooksis kiiremini kui kiiresti haiglasse, kus ta kohtus PJ ja Ardeniga, kes olid juba mängus sees ja ootasid. Nüüd tegid nad kumbki ühe tapmise. Kui Haruto kohale jõudis, tegid nad veel kaks tapmist.

Furiesi ahnus rohkemate laste hingede järele, saatis nende essentsid mängu.

„Me saime teid!" hüüdsid kolm jumalannat.

„Nüüd!" PJ karjus, kui Arden vajutas USB-le SAVE, ja kui see oli salvestatud, vajutas ta EJECT. Ta sulges USB-plaadi teibiga ja pani selle seejärel õhukindlasse kotti.

„Viige see E-Zi!" Arden ütles.

Haruto jõudis maapinnale, andis märku oma vanaemale, kes haaras USB-d oma nokasse ja viis selle E-Z'ile.

PJ saatis teksti. „Fuuri essentsid on USB-s."

E-Z pani USB-plaadi turvaliselt teksataskusse ja kui ta järgmine kord Füüriat vaatas, oli Raphaeli prillide vaatepilt muutunud. Kolme õe kehad tuhmusid sisse ja välja, kuid maod mitte. Siis sai ta aru, mis oli nende

Achilleuse kand. „Maod hoiavad neid elus!" hüüdis ta. „Me peame maod välja võtma."

Brandy oli juba piisavalt lähedal, et Alli tabada. Kahjuks oli ta ka piisavalt lähedal, et Alli madu saaks teda hammustada - mida see ka tegi. Ta vajus kokku ja Väike Dorrit tõmbus minema, kuid oli liiga hilja, Brandy oli juba surnud.

„Viige ta siit välja!" E-Z hüüdis ja Little Dorrit tõusis taeva poole, nuttes samal ajal, kui ta läks.

„Ta saab korda," ütles E-Z.

„Ei usu," naeris Alli. „Meie maod ei ole sellest maailmast. Kui sind hammustab üks neist, siis ükskõik, millised jõud sul ka poleks, need ei toimi. Aga me jääme siia ja ootame, kui sa seda tahad? Siis, kui ta ei tule tagasi - me lööme ülejäänud su meeskonna puruks!"

„Te ämmad!" E-Z hüüatas.

Sobo sööstis tegutsema, ründas ja tõmbas ükshaaval madu silmad välja ning kukutas need maale. Kui ta oli Alliga lõpetanud, läks ta edasi Megi, siis Tisi juurde. Kui ta oma ülesande lõpetas, oli vanaema liiga kurnatud, et teha midagi muud, kui maanduda oma lapselapse kõrvale ja naasta oma inimvormi.

„Aga Sobo," ütles Haruto, "ma tahan ka võidelda."

„Las nad teevad ülejäänud," ütles ta. „Ma olen liiga väsinud, et sind kanda."

Sobo ja Haruto vaatasid, kuidas ülejäänud meeskond madusid ära lõpetas.

Fuuriad avasid suu ja sulgesid selle jälle, kuid neist ei kostnud ühtegi heli. Peale selle, et nende kehad olid häälekad ja hääbusid, püüdsid nad püsida vee peal, samal ajal kui veri nende soontes tilkus- tilkus.

E-Z ratastool liikus nende all, püüdis tilgad üles ja segas The Furiesi vere teiste kogutud proovidega.

„Nad on surnud," kinnitas E-Z, kui The Furiesi tühjad rõivad hõljusid nagu mustad kummitused maa poole.

Kuid see polnud veel läbi.

✳✳✳

E-Z taga tõstis liivalaine pea üles ja nähes kõikjal ümberringi torgatud silmi - kõigi oma laste silmi - tuli see kõigi madude ema aeglaselt ellu.

Sam, kes märkas liikumist esimesena, hüüdis: „Ettevaatust E-Z!" Ja kui ta ei kuulnud tema hüüdeid, ühinesid temaga Lia, Charles, Haruto ja Sobo.

Lachie kuulis nende hüüdeid ja nägi, kuidas tema kuuldud madu E-Z poole lipsas. Ta vaatas madu silmadesse ja ütles: „EI!"

Hetkeks või kaheks peatus emamadu liikumast ja näis, et ta kuulis ja mõistis Lachie käsku, siis märkas ta silmade värelust. „Duck E-Z!" hüüdis ta, kui Baby avas suu ja tulistas E-Z ja emamadu suunas.

E-Zi juuksed põlesid ja ta patsutas selle välja, siis kukkus tema tool maale.

Baby jätkas tule sülitamist hiiglasliku emamadu suunas, kuni see põles põlema. Selle haisu asemel, mida Raivo tekitas, oli õhk nüüd täis toidulõhna, nagu seda võib leida ükskõik millisel tagahoovis toimuval grillimisel.

„Uh, aitäh, Baby ja kõik teised," ütles E-Z, kui ta sõrmedega läbi oma juuste keskelt läbi ajas. See oli võtnud välja harjase osa.

„See kasvab tagasi," ütles Sam, kui maapind nende jalgade all hakkas taas kord

THRUM

JA DUMMIMA

E-Z ratastool tõusis omal tahtel maast lahti ja hakkas tilkuma veretilku maapinnale avanenud kraatritesse.

„Mis toimub?" küsis Alfred.

Tema all jätkas tema ratastool verejooksu, kui teda kohalt-kohale paiskasid. „Väike tilk siia ja väike tilk sinna," lausus ta mõttes. Maas ütlesid tema meeskonnaliikmed samu sõnu, mis tema peas keerlesid: „Väike tilk siin ja väike tilk seal." Siis lõpetasid nad koos luuletuse: „Väike väike tilk, igal pool", ja alustasid siis uuesti. Ta raputas pead... Kas nad kõik lugesid tema mõtteid?

Nende jalgade all jätkus maa.

PÖÖRIMINE

DUMMIMINE.

VÄLJENDATUD.

KONTRAKTSIOON.

Lia tõstis end maast üles, avas käed nii laialt kui võimalik, pea tagasi langetatud ja silmad taevasse suunatud. Ja tema kohal rebenes taevas. Hakkas sadama, aga kui nad kõnniteele jõudsid, olid laigud punased. Taevas nuttis veriseid pisaraid, kui Lia õõtsus ja keerles õhus nagu nöörita marionett.

Teised, välja arvatud Baby ja Lachie, jooksid verise vihma eest verandale, suutmata midagi ette võtta Lia suhtes, kes oli ikka veel rippunud ja transis.

„Me hoolitseme selle eest, et ta ei kukuks," ütles E-Z, "teie ülejäänud võtke katet."

PULSING.

PUSHING.

Siis tuli **välk.**

Järgnes **äike.**

Kui peaingel Miikael murdis läbi barjääri ja lendas alla, kuni oli E-Z lähedal.

„Ma saan aru, et teil on olukord kontrolli all, ütles Miikael.

„Jah, fuuriate essentsid on selles USB-s." "Jah, fuuriate essentsid on selles USB-s."

„Viska see mulle," ütles Michael.

Nagu ta viskaks pesapalli teisele baasile, viskas E-Z USB-d Michaeli suunas, kes sirutas käe, püüdis selle kinni ja ümbritses selle jääga. „I Eriel saab seltskonda," ütles Michael. „Nad kõik jäävad jääle kogu ülejäänud igavikuks. Oh, ja muide, hästi tehtud kõik!" Siis lendas ta sama kiiresti, kui oli tulnud, minema.

„Aga Lia?" E-Z hüüdis, kuid Michael ei vastanud.

Maa hakkas pulseerima ja väänduma, kuigi Raevu enam ei olnud, ja veri ei voolanud enam taevast ega tema ratastoolist.

Lia hõljus ikka veel, silmad suunatud taevasse, kui see end veristest pisaratest siniseks keerutas, ja nende jalge all paranesid maakraatrid rohuga, puud lilledega.

Siis läks kõik vaikseks, kui Lia, ikka veel transis, hõljus tagasi maapinnale. Maas lamades, käed ikka veel laiali, tundis ta rohtu oma seljal ja naeratas kurnatult, kui ta kahanes ja naasis oma tegelikku vanusesse, mis oli üheksa ja pool aastat vana.

„Kas sa oled korras?" E-Z küsis, kui rebane, sinikael, pesukaru, kardinal ja hirv ümberringi kogunesid.

Lia avas silmad ja nägi neist välja. Ta vaatas oma käsi ja need olid nagu enne.

„Mul on kõik korras," ütles ta, kui Lachie teda üles aitas.

Sam märkas kohe, et tütre riided ei istu talle enam. Ta võttis maha oma superkangelase mantli ja keeras selle tüdruku õlgadele.

„Aitäh, isa," ütles Lia.

See oli esimene kord, kui ta teda nii kutsus, ja ta ei tundnud end kunagi nii uhkelt, kui pisar jooksis mööda tema põske.

Taeva sinine tundus heledam, nagu vilksataksid tähed silmi, kuigi oli päev ja rohi maapinnal näis päikesekiirtes tantsivat, nagu oleks selles teemantkaste.

Ei E-Z ega ükski tema meeskonnaliige ei suutnud rääkida. Keegi ei tahtnud rikkuda vaikust ega häirida seda ilu, mille tunnistajaks nad olid.

VILJUS.

SOSINAL SOSINAL.

SOSINAD SOSINAD SOSINAD.

Lehed, mis puhuvad tuules. Tehes inimlikku häält. Aga see ei olnud tuul, see oli laste hääl üle maailma, kes sündisid uuesti.

Need, keda Raevud olid võtnud, surusid oma kehad maa seest välja ja leidsid, et nende hääl oli tagasi tulnud.

Lapsed õppisid uuesti kõndima, jooksma või roomama ja nende hüüded kajasid üle maailma:

„Ma tahan oma ema!" karjusid uuesti sündinud, kuid hingeta laste kehad.

„Ma tahan oma issi!" hüüdsid need taaselustatud lapsed ühel häälel:

„WAH, WAH, WAH!"

„WAH, WAH, WAH!"

„WAH, WAH, WAH, WAH!"

Hingedeta pisikesed liikusid servadesse, rändasid kohale, nende liikumine oli kiirem kui valguse kiirus, kui nad jätkasid ulgumist:

„Ma tahan oma ema!"

„Ma tahan oma issi!"

„WAH, WAH, WAH!"

„WAH, WAH, WAH!"

„WAH, WAH, WAH, WAH!"

Surmaorgis, kus hoiti ja hoiti hingepüüdjaid,

POP

POP

Uksed lendasid lahti, nagu käed, ja hinged väljusid, otsides kehasid, milles nad veel pidid olema, ja nad järgnesid laste hüüatustele.

„Ma tahan oma ema!"

„Ma tahan oma issi!"

„WAH, WAH, WAH!"

„WAH, WAH, WAH!"

„WAH, WAH, WAH!"

Hinged lendasid lapselt lapsele. Otsides kodu, kuhu ta kuulus. See oli nagu laste jälgimine, kes mängisid sildimängu, kui iga hing jõudis ja sisenes kehasse, kuhu ta oli sündinud. Kui hinged ja kehad taas üheks said.

SHHHHHHHHH.

Hetkeks olid väikesed lapsed taas õnnelikud lapsed ja rõõmu helid täitsid õhku.

Tagasi Surmaorgis suunasid Hadz ja Reiki ümber kodutud hinged üle maailma, kes olid varjunud, kuna neil polnud oma Hingepüüdjaid. Ükshaaval sisenesid hinged ja maa hakkas ennast tervendama.

Samantha tuli majast välja, kandes oma lapsi Jacki ja Jilli süles, samal ajal neile vaikselt lauldes: „Hush little baby don't you cry".

POP.

POP.

Hadz ja Reiki ilmusid: „Me tegime seda!"

E-Z ja tema meeskond heitsid teineteisele käed ümber. Nad nutsid, nad naersid. Siis nutsid nad jälle, ühe oma meeskonna liikme kaotuse pärast. Ühe oma meeskonna liikme kaotuse pärast: Brandy pärast.

Lia telefon helises. See oli Brandy sõnum: „Ma jõudsin kaubanduskeskusesse - jälle! Loodan, et kõik on korras ja me võidame neid nõidu!"

„Brandy on elus!" Lia seletas, siis saatis ta tagasi: „Kindlasti! Ma räägin sulle hiljem kõik üksikasjad."

„AHRHHRGHHH!" Charles Dickens hüüdis. Tema keha väukses ja värises. Kui see lakkas, oli ta transis, nägu väljenduseta ja peopesad välja sirutatud, peopesad ülespoole suunatud.

„Kas ta saab minu käesilmad?" Lia uuris.

Kui raamat - suurim kõvakaaneline köide, mida nad kunagi näinud olid - langes taevast ja maandus Charlesi sülle, mille jõud teda peaaegu jalust lükkas. Charles stabiliseeris end, kui massiivne raamat end avas, lehitsedes oma lehekülgi, kuni raamatu seest kostis hääl:

„Ma olen Alternatiivsete maailmade reisikiri."

Kuigi hääl tuli raamatu seest, liikusid Charles Dickensi huuled iga sõnaga sünkroonis, samal ajal kui taustal kõlasid endiselt laste hüüded:

„WAH, WAH, WAH!"

„WAH, WAH, WAH!"

„WAH, WAH, WAH!"

„Ma tahan oma ema!"

„Ma tahan oma issi!"

„WAH, WAH, WAH, WAH!"

„WAH, WAH, WAH, WAH!"

„WAH, WAH, WAH, WAH!"

„Ma olen näljane!"

„Ma olen janune!"

Lapsed, kes kunagi E-Z majale kõige lähemal elasid, marssisid kõrvuti selle poole.

„Kuule nüüd!" Alternatiivsete maailmade reisikiri soleeris.

"See on ühekordne pakkumine.

Kui teid valitakse, peate valima.

Ainult üks kord, võidate või kaotate.

Ärge laske seda võimalust, ära lasta.

Sest seda ei juhtu enam, ühelgi teisel päeval."

Leheküljed lehitsesid ettepoole, siis tagasi. Edasi, siis tagasi. Sirvimine peatus ühe peatüki juures. Peatükk pealkirjaga „Alfred". Ja seal olid fotod temast ja tema perekonnast. Kõik vanemad. Kõik terved ja terved. Fotodel ei olnud ta enam Alfred, trompetajuhan. Ta oli Alfred isa, abikaasa, mees.

Pisarad silmis, vaatas Alfred E-Z'ile otsa. Pilk, mida nad omavahel jagasid, ütles kõike. Ta pidi minema. E-Z noogutas.

Siis pöördus Alfred Lia poole. Ka tema noogutas, teades, et mees peab minema.

Trompetõlv Alfred astus oma nime kandvasse peatükki ja muutus tagasi inimeseks. Ja „Alternatiivsete maailmade reisikirja" lehekülgedelt lehvitas ta oma sõpradele.

Nüüd naasid Alternatiivsete maailmade reisikirja leheküljed raamatu algusesse. Leheküljed loksusid, ikka ja jälle, edasi ja tagasi, tagasi ja tagasi, lõpuks peatusid nad uue peatüki juures. Peatükk, mis oli nimetatud Lachie järgi.

Fotol oli Lachie imikuna. Tema vanemad olid teda haiglast koju toomas. Pildil olev imik kandis haigla käevõru, mis näitas, et Lachie tegelik nimi oli Andrew.

„Ei, aitäh," ütles Lachie. „Beebi ja mina läheme varsti koju."

Alternatiivmaailma reisikiri lõi end sellise jõuga kinni, et Charles oleks peaaegu ümber kukkunud. Ta toibus ja hetke hiljem jätkas raamatu sirvimist. Tagasi, ettepoole. Segas lehti nagu kaardipakk, kuni jõudis peatükini, mille nimi oli Haruto. Fotol oli ta koos ema ja isaga.

„Ei aitäh," ütles Haruto kohe. Ta võttis Sobo käe enda kätte ja ütles Lachie'le: „Kas te ei viitsiks meid koju sõites Jaapanis maha jätta?"

Lachie noogutas: „Hea meel seltskonna üle."

Seekord tulid leegid raamatust välja, enne kui see sulgus, ja Charles oleks selle peaaegu maha kukkunud.

Laste vastamata hüüded jätkusid, muutudes valjemaks, kui nad lähenesid E-Zi kodule:

„Ma tahan oma ema!"

„Ma tahan oma issi!"

„Mul on nälg!"

„Mul on janu!"

„WAH, WAH, WAH!"

„WAH, WAH, WAH!"

„WAH, WAH, WAH, WAH!"

Charles sulges silmad.

„Kas see on see? E-Z uuris.

„Mis saab meist?" Lia küsis.

Charlesi käed hakkasid värisema. Nagu oleks raamatu raskus tema käte peale surunud. Siis löödi raamat kinni, ja seda nii tugevalt, et ta komistas ettepoole ja istus maha. Ta lõi ühe jala üle teise ja surus raamatu vastu rinda.

See lendas uuesti lahti, nagu ka Charlesi silmad, ja taas liikusid leheküljed nagu merepõhja mererohud. See löödi jälle kinni. Siis keeras ta ümber selili. Raamatu keskele ilmus raam. Alguses oli see tühi, nagu ootaks see midagi. Siis väreles see, kui algas film.

Dodgeri staadionil oli juba alanud pesapallimäng. Dodgers mängis Brewersi vastu. Ja E-Z Dickens oli püüdja. Ta oli plaadi taga ja mängis nagu proff. Tribüünidel istusid tema vanemad, kohe üle pingi, ja toetasid teda.

EARTH PAUSE.

Mõneks sekundiks oli päikesevalgus takistatud, kui Ophaniel taevasse tungis ja nende poole suundus.

„E-Z, ma tahtsin sulle lihtsalt öelda, enne kui sa otsustad, et ükskõik, mida sa otsustad teha või mitte teha, sellel on tagajärjed teistele.“

„Nagu näiteks?“ küsis ta, pööramata pilku enda ja oma vanemate raamitud versioonilt, kuigi nad selles enam ei liikunud.

„Mõtle õnnetuse peale... mida ei oleks maailmas juhtunud, kui su vanemad poleks kunagi surnud? Kui sa poleks kunagi kaotanud oma jalgade kasutamist?“

Ta vaatas onu Sami suunas, siis Samantha, Lia ja kaksikute poole. Ilma õnnetuseta poleks keegi neist kohtunud. Kaksikud poleks kunagi sündinud.

„Kui ma otsustan minna ja oma unistust ellu viia, mis siis siin juhtub?"

„See on risk, mille sa peaksid võtma, ja vastust ma ei saa sulle anda. Aga seda ma tean, et sa oled katalüsaator ja liim."

„Okei, aitäh, et sa mulle teada annad."

MAA JÄTKAB

Ophaniel lahkus.

„Äh, ei, aitäh," ütles E-Z.

Ta vaatas, kuidas ta ja tema vanemad hääbusid. Ekraan läks tühjaks. Kaader kadus ja raamat hakkas tõusma. Üles, üles, Charlesi käest välja.

Charles seisis nagu ikka veel käes. Vaatas ettepoole, mitte millegi peale.

Kui see oli kaugel nende kohal, läks raamat põlema. See särises ja tekitas haisu, enne kui selle jäänused olid piisavalt väikesed, et tuul neid üles tõsta. Ja Alternate Worlds Travelogue'i polnud enam.

Charles pöördus tagasi enda juurde, kui lapsed massiliselt E-Z tänavale jõudsid.

„Ma tahan oma ema!"

„Ma tahan oma issi!“

„Mul on nälg!“

„Mul on janu!“

„**WAH, WAH, WAH**!“

„**WAH, WAH, WAH**!“

„**WAH, WAH, WAH, WAH**!“

„Kas ma võin neile lugu rääkida?“ Charles küsis.

„See ei teeks paha,“ ütles Lia.

Charles hakkas uuesti jutustama lugu „Kolmest kivist“. Lapsed lakkasid liikumast, peatasid oma hüüatused, kuna nad rippusid tema iga sõna küljes - kuni ta järsku peatus.

„Oh, häda!“ hüüdis ta, märkades, et iga natukene temast tuhmub, nagu oleks maal raskusi tema signaali edastamisega.

„Oodake!“ E-Z ütles. „Kas sul on mõni nõuanne kirjanikukaaslasele?“

„On raamatuid, mille tagaküljed ja kaaned on parimad osad - ära lase oma raamatul olla üks neist. Ma igatsen teid kõiki!“

Mõned ütlevad, et täpselt sel hetkel tuli valguskiir alla, tõstis ta maast üles ja kandis Charles Dickensi taevasse. Mõned ütlevad, et ta sõitis ära Little Dorriti seljas ja kumbagi neist ei ole enam kunagi nähtud.

Kindel on vaid see, et Charles Dickens lahkus tol päeval ja teda ei nähtud enam kunagi.

„WAH, WAH, WAH!"

„WAH, WAH, WAH!"

„WAH, WAH, WAH, WAH!"

FIZZLE POP

Hingepüüdja jõudis kohale. See viskas oma ukse lahti ja tulistas õhku ilutulestikku.

Mõni laps ehmatas mürast ja mõnele meeldis see, igal juhul lõpetasid nad nutmise.

Kui see õhku värve tulistas, sulasid nad kokku, et öelda järgmist:

TULE VÄLJA, TULE VÄLJA

KUS IGANES SA OLED!

„Mida see tahab?" E-Z küsis. „Või peaksin ütlema, KES see tahab?"

„Kas see olen mina?" Sobo küsis.

„Ei, see on minu jaoks," ütles hääl nende taga. See oli Rosalie hääl.

Kõik pöördusid millegi poole, oodates, et näevad kummitust või vaimu, kuid see, mida nad nägid, ei olnud kumbki neist kahest asjast. See oli Rosalie olemus... see oli kõik, mida nad teadsid.

„Hüvasti, kallis Rosalie!" Sobo hüüdis.

See oli kallist Rosalie olemuse jaoks päris suur hüvastijätmine, kus E-Z ja tema meeskond karjusid, lehvitasid, heitsid talle suudlusi ja juubeldasid. See oli tõeline pidu kõigele, mida ta neile tähendas, kui nende kallid sõbrad astusid tema hingepüüdja sisse ja see lendas minema.

Nüüd, kui Charles oli läinud, jätkasid lapsed oma hüüatusi,

„**WAH, WAH, WAH**!“

„**WAH, WAH, WAH**!“

„**WAH, WAH, WAH, WAH**!“

Taustal kostis uus heli. Jalgade heli, paljude jalgade heli, mis jooksid - kiiresti.

Kui nad voolasid E-Z tänavale, siis emad ja isad ning lapsed ühinesid taas oma lähedastega, ja see taasühinemine toimus kogu maa peal.

„Bravo!“ E-Z ütles oma meeskonnale.

Nad lehvitasid hüvasti, kui Lachie, Baby, Haruto ja Sobo minema lendasid.

Nüüd olid alles vaid E-Z ja Lia.

ZAP!

Esimene Poppet jõudis kohale.

BONJOUR!

Järgnes Francois.

„Ah, me oleme liiga hilja," ütles ta. „Me jäime kõigest ilma!"

Maja seest kostsid Samantha hüüded. „Oh ei, midagi toimub lastega!"

Kõik jooksid sisse, beebide lastetuppa. Jack ja Jill magasid sügavalt.

Sam pani käe ümber oma naise. „Minu meelest näevad nad hästi välja," sosistas ta.

„Aga nad ei ole korras!" Samantha ütles.

„Kõik saab korda," ütles Sam.

„Minu meelest näevad nad ka hästi välja," ütles E-Z.

„Sa lihtsalt ootad," ütles Samantha. „Lihtsalt oota ja sa näed. Ma poleks välja hüüdnud, kui..." Ta kõhkles ja kõhkles, nagu oleks ta võinud maha kukkuda.

Kõik vaatasid ja ootasid. Kümme, viisteist, kakskümmend või isegi kolmkümmend minutit ei juhtunud midagi.

Siis äkki juhtus midagi.

Jacki ja Jilli tillukestest kehadest kiirgas kollane ja roheline valgus.

„Hadz? Reiki?" E-Z hüüatas.

POP.

POP.

Jack ja Jill istusid püsti, nagu vanemad beebid oskaksid. Mida Jack ja Jill veel ei osanud.

Samantha kukkus minestama, samal ajal kui Sam teda kinni püüdis.

„Mida kuradit te kahekesi teete?" E-Z nõudis. „Tulge sealt välja - kohe!"

Hadz ütles: „Palgaks palusime olla inimesed."

„Reiki ütles: „Ja me vajasime kehasid."

„Oh vend," ütles E-Z, kui esiuksele koputati.

„Keegi kodus?" PJ ja Arden uurisid.

EPILOOGI

E-Z sisestas sõnad: **LÕPP**. Rahul olles oma saavutusega, et ta oli lõpetanud nelja raamatu sarja, sulges ta sülearvuti.

„Kiirusta, E-Z!" hüüdis mees tema taga.

E-Z tõmbas oma püüdja maski maha ja vaatas ringi. Ta oli plaadi taga, Los Angeles Dodgersi püüdja. Kohtunik harjas plaati maha. Ta tõusis püsti ja suundus kaevikusse, sest ta oli viimane mängija, kes väljakult maha tuli.

Ta tundis mõned mängijad ära, kui ta liikus mööda kaevikut, järgides neile tihedalt järele.

Ta ajas sõrmedega läbi oma juuste, mis olid üleni blondid. Need olid lühemad ja tihedamalt lõigatud kui tal kunagi varem. Ja ta oli pikem, kindlasti üle 1,5 meetri.

Mis kurat see oli? Kas ta magas? Ta pigistas end. See tegi haiget.

„Sa oled platsil, E-Z!" karjus löögitreener.

Ta leidis monitori ja vaatas oma peegelpilti. Ta vaatas ennast, nagu oleks ta võõras.

„Maa E-Z," ütles tema treener.

„Vabandust, treener," ütles E-Z, kui ta suundus kaeviku varustuse angaari poole. Tema reket oli märgistatud, nagu ka kogu ülejäänud varustus. Ta pani selle selga ja astus platsiringile.

Ta kohendas oma küünarnukipadjad ja valmistus siis esimeseks viskepalliks. Koos oma meeskonnakaaslasega plaadil tegi ta paar proovilööki. Kui ta ootas, jäi talle silma liikumine tribüünil pingi taga. Tema ema ja isa.

„Mine, võta nad kinni, poeg!" hüüdis isa.

Ta tõstis vanematele pöidlaid ja vaatas siis, kuidas tema meeskonnakaaslane tegi singli ja jõudis turvaliselt esimesele baasile.

E-Z astus löögikasti, kutsus aega, astus uuesti välja ja hingas paar korda sügavalt sisse.

Võta end kokku, ütles ta endale. *Ma ei taha meeskonda alt vedada. Keskendu. Keskendu.*

Ta tõstis käe, et anda kohtunikule teada, et ta on valmis, ja läks siis tagasi löögiplatsile.

„Tule, E-Z!" hüüdis tema ema.

Ta keskendus ja vaatas, kuidas esimene viske möödus. Tõenäoliselt üle saja miili tunnis. Ta valmistus teiseks viskepalliks. Lükkas ja löödi mööda. Tema meeskonnakaaslane varastas baasi ja maandus ohutult teisel kohal.

See on liiga palju. Ma ei ole valmis. Ma pean ärkama. Ma pean ärkama - KOHE.

Teine viske lendas mööda. Ta lõi, kuid ei tabanud. Kolmas viske tuli ja ta lõi selle kinni. Ta vaatas, kuidas tema meeskonnakaaslane üritas jõuda kolmandale, kuid teda visati välja. Ta oleks peaaegu jõudnud õigel ajal esimesele, kuid teine meeskond teenis topeltmängu. Kui kaks mängijat olid väljas, läks ta tagasi kaevikusse, et panna oma püügivarustus selga.

„Järgmisel korral saad sa nad kätte!" ütles tema isa.

Ehkki ta ei jõudnud baasi, oli ta oma unenäos. Ta elas oma unistust. Aga kuidas? Ta oli keeldunud Alternate Worlds Travelogue'i pakkumisest.

Päästke mind siit välja! Ma ei taha seda nii! Kus on onu Sami? Kus on Lia? Kus on kaksikud?

Ta pea oli naeru täis, kui ta kukkus maale ja jätkas kukkumist. Kuni ta maandus kolksatusega puitpõrandale, majja või häärberisse. Sekundite jooksul pärast tema maandumist läks see põlema.

Ruumi vastas istus väike tüdruk. Alguses arvas ta, et see on Lia, kuid sellel tüdrukul olid punased juuksed. Ta püüdis teda äratada, kuid tüdruk ei liigutanud end.

Tema taga paiskus välisuks hingedest välja. Sisse astus tume, varjatud kuju, kelle juures oli lühem kapuuts. Nende kahe vahel kandsid nad tüdruku välja.

„Aidake mind!" hüüdis ta.

„Aita ennast!" ütles naise hääl, pikem kahest tegelasest, kui seinad tema ümber hakkasid kildudeks lööma.

Ta oli tagasi staadionil, selili maas ja vaatas oma vanematele silma.

„Sa saad hakkama," guugeldasid nad.

Tänuavaldused

Lugupeetud lugejad,

Noh, me jõudsime E-Z Dickens'i sarja lõpuni. Ma loodan, et teile meeldis seda lugeda sama palju kui mulle meeldis seda kirjutada.

Kuna te olete olnud minuga kogu selle sarja vältel, siis minu viimane tänu on teile, mu lugejatele. Te olete fantastilised!

Nagu alati, head lugemist!

Cathy

Autorist

Cathy McGough elab ja kirjutab Kanadas Ontarios koos abikaasa, poja, kassi ja koeraga.

Samuti poolt:

Cathy on auhinnatud autor. See on esimene eestikeelne sari.